JN114584

アニマル・ワークス

渦汰表（カタリスト）

鳥影社

アニマル・ワークス　目次

I

II

III

ライヴ・イン・四七七一ハイパーシャッフルシアター

195

アニマル・ワークス

――けものなんかいない。けものは言ってみれば人間なのだ。たとえシベリアの野生オオカミでも。人間のフィルタリングが《けもの》ってものを生み出してるんだから。

（カント『純粋理性批判』の「コペルニクス的転回」解釈。過沙表による）

I

ワールドワイド・パラノイド

世界が凍えているころ、ぼくは汗だくでモノポリーをやっていた。相手は年若い皇帝ペンギンの、もと皇帝だ。こっちはいったんは億万長者になったのを、過当競争のガソリンスタンドチェーンを買収したせいで結局ご破算。そして相手は、一躍ロスチャイルド家の嫡子なみの身分になった。まあ、退屈しのぎはこのボードゲームに限る。

「どうして逃げ出してきたんだっけ？」

「亡命せざるを得なかった」と、いかにも皇帝らしい調子で相手は答える。「側近が反乱を企ておってな」

「何でまた」

「国が寒くなりすぎたというかどで。わたしが責めを負ったのだ」

相手は言葉少なに説明すると、小さい咳払いをひとつした。

「それに比べてここは」ぼくは口を開く。「ずいぶんと蒸すよねぇ。……燕尾服、脱いじゃったらどうかな」

皇帝ペンギンは、もさもさと右の翼を打ち振ってみせる。皇帝は感情を表に出さないものなのだ。まして、大っぴらに不遇を託(かこ)ったりしちゃいけない。

ぼくたちは世界の外側にいた。すべてを見下ろせる場所に乗っかっていた。負のエントロピーが捨てられて、閉じた世界の外側は一方的に茹だっていくばかり。不可逆的過程だ、とたぶん言おうとして、皇帝はつっかえる。フキャギャキュ……。

「それで、きみのほうは？」と皇帝が訊ねた。

「おふざけが過ぎたんだよ。つまみ出されたってわけさ。戻ったら袋叩きの運命」

「なるほど」と相手は納得した顔つき。

ともあれ今のところ、ゲームを続ける以外にすることはないのだった。皇帝ペンギンは、モノポリーがけっこうお気に入りのようだ。逆転逆転また逆転。で、最後に笑えばそれでよし。これはじつのところ、追放された皇帝にずいぶんと慰めを与えるゲームなのらしい。

「なかなか手ごわいね」

ペンギンのくせに、という言葉をぼくは飲み込む。

「ＭＩＴの経営学部に籍があったのでね」とペンギン。「サミュエルソン教授には、ずいぶん懇意にしてもらっていたよ」

思い出した。そういえばアニマリストが火をつけた普遍的差別撤廃の試みとかで、ペンギン特待生枠が一羽分設けられたことがあったっけ。さすがはエリート皇帝。

それにしても、いったいなんて暑さだ。ゲーム盤には汗のしずくの水溜り。そしてこっちがヒートアップしていくほどに、下界の冷え込みはきつくなっていく。南極じゃもうトドもアザラシも氷漬けになってることだろう。寒波から逃げ損ねたペンギンたちが、墓標みたいに突っ立ったまま凍りついてる様子が目に浮かぶ。今や青ざめた氷山のかけらにしがみついた難民ペンギンたちが、ニュージーランド南岸あたりに続々漂着してるに違いない。けれど皇帝ペンギンはこの苦境にもめげず、いたって落ち着き払っていた。

「目盛、どうなってるんだろ」ぼくは《見本》スタンプの押してあるドル札の残りを数え数え、ひとりごちる。「〝最強〟を超えちまってるぞ、きっと」

札束の山を前に、皇帝ペンギンがこっちにいぶかしげな目を向ける。この球体を取り巻いてた事情ってものが、よくわかってないらしい。ふざけすぎは重罪でも作りすぎと捨てすぎにはお咎めなし。おかげで世界全体がのぼせて鼻血たらたら――というわけだ。

ハイパーサーモスタットの調節機構全体が、隠微な脅しとべらぼうな賄賂でもって国際先物取引シンジケートに抱き込まれてるって噂だ。サーモのコントローラーの操作はそいつらの意向次第って話。それにしたって、コーヒー相場だのゴム相場だのを暴騰させるにはやりすぎじゃないのか？　連中、欲に目が眩んでものの限度ってやつを忘れたのか？　作物が軒並み氷漬けになったら元も子もないぞ……。

「何とかしないとまずいぞ。あんまりだ」

「何とかって、何を」

「とにかくだ、目盛をまともに戻さなきゃ」

「誰が？」

「ああ」ぼくは思わず溜息をついた。「そりゃ、できることならとっくに当局がやってるはずだしな」

「何なら、わたしの二億五千万ドル、拠出してもいいんだけどね」と皇帝ペンギンは、積み重なった札束を左のつばさの先で指した。

「それっぽっちじゃ足りるもんか。だからまあ、世界政府に任せとけばいいって」

ぼくはあらためて下を見やった。

「あーあ。どこもかしこも真っ白けになっちゃって」

雪は、神経性の下痢でも起したみたいに降り続けることだろう。おかしくなったコントローラーが焼き付いてぶっ壊れてしまうまで。

下界じゃ今や氷雪帝国が勃興していた。雪の丘に氷の峰が、見はるかす限りえんえん連なっていた。状況はクールになり過ぎた。いたるところに氷の微笑が閃いてる。帝国っていうやつは性分として、とことん領土を広げたがる。寒気でもって世界中を覆い尽くそうと企ててるらしい。海も陸もとうに地続きだ。今ごろ雪は、皇帝ペンギンの故郷の島にも、とんがり山になるほどこんもりと積もったことだろう。いよいよ氷河期よりもひどいことになってきた。

ところが皇帝ペンギンが出し抜けにくちばしを上に向けたかと思うと、こう告げたのだ。皇帝ふうの荘重な響きをもって。

「わたしはここに、予言しよう。遠からず、世界は旧に復する」

「旧って、熱に浮かされた世界に？」

相手はうなずいた。ぼくは相手の顔をまじまじと見た。

「まさかね。どうしてそんなこと、わかるんだい」

「動物的勘、というところかな」

……そしていつの間にか、下界は坩堝（るつぼ）化していった。パラノイアック・ダイナモはどこかでうんうん唸りっぱなしだ。冷麺からミサイルまで温めまくって、何もかも煮えたぎる寸前。雪は溶け氷は崩れ、氷雪帝国の版図は劇的に狭まった。撤退徹底また撤退。このくそ暑さだと、コーヒーもゴムも大暴落だ。ＡＩのご託宣を頼りに一枚噛んでるヘッジファンド連中も、そそくさとずらかる算段を始める。てっぺんではしごを外されたら真っ逆さまだ。

いっぽうこっちはといえば、おそろしい速度で氷点下に。皇帝ペンギンはしゃきんと背筋を伸ばして立ち、ぼくはありったけの衣類を集めて重ね着する。そういえば、圧倒的な量の変化が質の変化へと転じる、と語ったのはヘーゲルだった。待てよ。エジソンだったっけ。

そしてとうとう、こらえかねたように粉雪がこぼれ始めた。まるで、今まで支えてきた巨大なお盆がもたなくなり、傾きだしたみたいだった。頭上を仰げば、見えない暗みから惜しげもなく降り注いでくる。

「着膨れると、われわれそっくりに見えるね、きみは」と相手はコメントした。何だか感傷的な気分に陥ってる、こっちの姿についてだ。

「大きなお世話」

雪はひとしきり無言で舞い、ぼくは優雅なダンスに見とれる。寒気はいや増す。で、ゲーム盤と札束を燃やし燃やし、暖を取らなくちゃならない。たかだか五分間ばかりだが。

ペンギンはささやかな炎を瞳に映しながら、厳粛な顔つきで説明した。

「こういうのが、世界の平衡の取りかたなのだ」

けれど、そう語る皇帝ペンギンのくちばしにも白いものは積っていて、それが本人を何だか頼りなげに見せた。

そうこうするうち、改心した臣民たちが、南極から恭しく皇帝をお迎えにやってくる。崩れ落ちた棚氷の船をやっとこさ仕立て上げ、BGMにはラヴェルのボレロ……

そのボレロが不意に断ち切られる。ぶつっ、と鈍い音があたり一帯にとどろき渡ったような気がした。


……ぼくは熱帯夜の寝苦しいまどろみから目覚める。皇帝ペンギンは相変わらず、溶けかかったチョコソフトクリームみたいなありさまで仰向けになっている。開きっぱなしのゲーム盤も、その脇に。純白に埋まった下界は、蚊の小便の音も聞こえるくらいに静まり返っている。

「妙な夢をみてたよ」ぼくはペンギンに話しかけた。「夢の中で、何かが壊れた音がした」

「いや、現実だ」と相手は身をもたげて答えた。「わたしも聞いたから」

ぼくたちは耳を済まし続ける。

温暖化がどうとか言って、世界はすっぽり、ばかでかいいかれた冷蔵庫の中だ。


（了）

アルマジロが嫌いだった頃

背広を脱いでクロゼットを開けると、何かが転げ落ちてきた。アルマジロだ。

「なあ、なんでこんなとこに入ってるんだ」

相手は自分のことじゃないみたいに、きょときょとあたりに目をやる。

「それって、ぼくのこと？」

「決まってるだろ」

洗面台のタオル入れの引出しを開けると、そこにも鈍い銀白色の丸っこいやつが、ぎゅう詰めになっている。

「またおまえか」

「いて悪かったねぇ」と相手は悪びれたふうもなく言い返す。

「増えすぎると嫌われるぞ」とこっちは忠告する。

「じゃ、火星にでも引越せっていうの？」

「そのとおりだ。水星でも木星でも行っちまえ」

「ひと眠りしてからね」

こんなぐあいに、冷たい風に当たらない薄暗がりは、決まってアルマジロどもが占拠してるのだ。部屋はもちろん、床下も天井裏も、へたするとレンジの中だって。

「まったくどうしてこう、あっちこっちにいるんだろ」

「ぼくたちだって、あったかくて風通しのいいとこが好きなんだよ。ほんとは」

「だったら故郷に帰れってば」

「だめなんだ。いったん亡命しちゃったんだから。難民船に押し込められて、はるばるやってきたんだから」

まったくのところ、僕とアルマジロ連中とは至るところで鉢合わせしていた。

「とにかく、ぼくらのせいじゃないよ」

議論したところでラチがあきはしない。くたくたの体をベッドに横たえようとすると、毛布のまんなかが盛り上がっている。めくるとそこには、別のが丸まっているのだ。

「おい。ここで寝るなって言ったろ。誰のベッドだと思ってるんだ」

「あー」寝ぼけ顔のやつは甲羅の下から手足を伸ばす。「悪気はなかったんだ。うたた寝さしてもらおうと思って。ほんのちょこっと」

「ちょこっともひょっとこもあるかい」僕はカンシャクを起こす。「昨日もそう言ってたじゃないか。おとといも。その前も」

「昨日？」相手はきょとんと目を上げる。「知らないよ。昨日のことなんて」

「ちゃんといたろ。ここに丸くなって」

「あ、それはきっと、ぼくのいとこ」

とにかくそいつをのけ、床に転がして、ベッドに倒れ込む。やつがベッドの下でぼやく。「あーあ。やんなっちゃう。ぼくたち、寝るのが好きなんだよ」

「かまわんさ。寝るのが好きでも泳ぐのが好きでも。だけど、ここでやるなってんだ」

「泳ぐのは好きじゃない」と相手はもぐもぐ言う。

「やかましい」

「ね、それじゃ隠れんぼってことにしない？」という提案。「ぼくたちが隠れて、あなたが見つける」

「おやすみ」と言いざまこっちは、毛布を頭からひっかぶる。

夢の中にも無数のアルマジロが登場する。連中は何もかも占領してしまっている。こうなったらせいぜい、折り合っていく道を探すほかなさそうだ。

こうしてアルマジロどもは僕の人生を邪魔しつづけ、いつまでたってもまともな仕事に就けやしない。ブラック企業で自爆営業させられて息も絶え絶えだ。何が前年比三〇〇パーセントノルマだって。

＊

僕はとうとう病気になった。何ひとつやる気がしない。アルマジロでも呑み込んだみたいな体の重たさ。たぶん肝炎か、慢性疲労症候群てやつだろう。

ところがその僕を、連中は熱心に看病しようとするのだった。周りを取り囲み、ベッドのふちにてんでにかぎづめをかけて。
「どういう風の吹き回しだい」
「だって」と、アルマジロどもは口を揃えて言った。「あなたが死んじゃうとぼくらも消えちゃうから」

（終）

〈『小説現代』収載〉

いかれた象vs急ぎの男

「じゃ、クイズに答えとくれ。そしたら通す」と象は言う。

僕はものすごく急いでいた。早足で歩いたってぎりぎり間に合うかどうか、ってとこだった。けれど前進するには、この象のいる場所を通っていかなくちゃならない。

「スフィンクスじゃあるまいし」とぶつぶつ言うのに、相手は聞こえないふりをして、

「じゃ、行くからね。中国にいるどでかい動物で、全身しわだらけの鼠色、鼻が長くて、耳が大きいのは？」

「……中国にいる、だって？」

「そう」

「インドとか、アフリカじゃなしにかい」

うんうん、と象は鼻を振りふり、じつに嬉しげにうなずく。

「大柄といえばパンダだし……鼠色なら鼠だしなぁ」

「降参かい」

「ああ」

「ほんとに？」

相手は値踏みするみたいに、斜めの視線を送ってよこす。

「わからないよ」

すると相手は満面の笑みを湛え、

「答えは、迷子になったインド象さ」

そう言うと、祭日の旗みたいに耳を左右に広げ、大喜びで地べたを踏み鳴らし、足の鎖をがちゃつかせた。

「やれやれ」僕は頭を振って、そいつのそばを通り抜けようとした。

「ちょっと待った。答えられなかったじゃないか。もひとつ行くからね」

僕は道を塞いでいる相手に毒づく。

「あのねぇ。こっちは急ぎの用なんだ。ふざけてる場合じゃないんだよ。帰りだったらともかくさ」

「帰りっていったって、帰りがあるかどうかは、誰にもわからない」象は預言者めいた声色をつかう。「道のまんなかに穴ぼこができてて、そこに落っこちるかもしれない。狂犬病か野兎病かオウム熱にやられるかもしれない。あるいはまた、どでかい動物の尻と壁のあいだに、間違って入りこんでしまうかもしれない」

そう、このどでかい動物は、道に沿って延々張りめぐらされている壁のそばに、ひとり突っ立っているのだ。僕は象の尻と壁とを等分に眺め、用心深くからだをそらしながら、

「運命論を戦わしてるヒマはないんだ。さ、通してくれよ」

「あとひとつ、ひとつだけ答えてみておくれ」

で僕は、やってみなよ、というほかない。象はにやにやして、おもむろに問題を始めた。

「インドにいるでっかい動物で、全身しわだらけの鼠色、鼻が長くて、耳が大きくて、おまけに空も飛べるやつは？」

「空を？……ディズニーじゃあるまいし」

「それだけじゃないよ。鯨よりでかくなったり、鼠より小さくなったりもできるんだ」

僕はため息をつきながら、

「象の魔法使い」

相手は軽侮のまなざし。

「象にはいやしないよ、魔法使いなんて」

「じゃ、わからんね」

「も少し考えてみなくちゃ」

「だめだね。降参だよ。完全に。きみの勝ち」と僕はいらいらして言った。

「しょうがないなぁ」象はやっぱり喜びに満ちみちた様子で、正解を告げた。「原っぱで大麻を食べ過ぎた、インド象さ」

こっちが腹を立ててほんとに行ってしまおうとすると、相手はさっと突き出した鼻先でもって、こっちの肩を押しとどめた。それからあたりに目を配りながら、声をひそめて、

「ちょっと待っておくれ。じつは、ぼくは、ぼくは、病気なんだ。もうあんまり長くないんだ。

人には言ってないんだけどさ」

おっと、この象ときたらすれっからしだ。気をつけないと。こっちは警戒しながらそっけなく、

「だから何なんだい」

「だから、行っちまうのをちょっと待っておくれよ。気の毒だと思って」

象は一転、この上なく悲しげな顔をした。

「病気ねぇ」僕は相手の巨体をじろじろ眺めて、「とてもそうは見えないけどね。肝臓でもやられてるっていうのかい」

「いいや、肝臓でも腎臓でもない。ちゃんと目に見えるとこさ」

象はまったく真顔だ。僕は相手の全身にひとわたり目をやった。

「どこが病気か、まるでわかんないね」

「ほら、ここさ。脚を見てくれよ」と象は鼻でもってさした。

鎖につながれて左の後足をぶあつい皮が、きつめの鉄輪のせいで、少しだけ傷んでいる。それに目を落とした僕は、かすかに心を動かされる。

「まあ……せいぜい、暴れないようにしなくちゃな」

「ああ、違う違う。そんなとこは、ぼくの深刻な病気とは関係ない。軟膏塗れば治っちゃうんだから」

「じゃ、いったい何の病気だっていうんだい」

「知りたいかい」と相手は思わせぶりに言う。

「知りたいだって？　べつに知りたくもないけど、きみが教えたがってるからさ」

「じゃ、教えるとしよう」象はたっぷり三秒の間を置いてから、「じつは、象皮病なんだ」

猛然と腹を立てた僕は、もう何も言わず象の脇腹を擦るようにして、通り抜けた。後ろでたかだかと鼻をもたげた象は、けたたましい笑い声を上げて地べたをドンドンやっている。


「人をかつぐのを生きがいにしてるやつなんです」追いかけてきた飼育係は説明した。「悪く思わないでやって下さいよ」

「さっきは急いでたんだ」僕は競歩みたいな速さで歩きながら、憤然と言った。「今もそうだけどね」

「でも、哀れな象なんですよ。物心ついたと思ったら親をなくして、ああしてつかまえてこられて、一日つながれてる」

「こっちに言ったたって仕方ないね」

男は僕を無視するように、

「毎日ああしたジョークを考え出して自分を慰めてるんですからね、やっこさんは」

「あんた、あいつの親戚かい」

「弟なんですよ」と目を伏せて男は告白した。

僕はつい、つんのめるようにして足を止める。

「弟？　誰が？」

「わたしが」

「象の？」

「象の」

僕はいっとき口をつぐむ。

「まさか。ほんとの弟ってわけじゃないだろね」

「まさか。義理のですよ。姉が象と結婚してたもんで」

「姉さんだって……？」

「でも今は、すっかり変わり果てた姿になって」と、男は短く呻くように言うと、うなだれる。

「どうしてまた」

「それはそれは幸せな新婚生活でした。でも、それがよくなかったんです。おそろしい事故のもとになったんですよ」

男は眼鏡をはずすと、灰色の作業服の袖ででもって目尻をぬぐった。僕はちょっとばかりどぎまぎして、口を閉じる。

「あの、姉がどうなかったか、聞いてくれますか」

「ああ……うん」

「ある日、嫉妬したメスの象どもに、踏みつぶされちまったんです」

「そりゃひどい……で、今は……」

「今は、うちの居間の敷物になってます」

今度こそかんかんに腹を立てた僕は、ひきつけを起こしたみたいにからだを二つ折りにして笑い始めた男を残して、道を急いだのだった。どいつもこいつもまったく。

けれど、遅かった。結局遅刻した僕の前で、門はすでに閉まっていた。一〇〇メートル、いや一〇〇〇メートルもの高さにそびえ立つ、鋼鉄の門。

中では深紅だのレモンイエローだのの光がぴかぴか閃いたり、白煙がしゅーしゅー噴き上げたり、じんじんベルが鳴ったり、うんうん機械が唸ったり、いかにも大騒ぎをやってる様子。その上の空は、濁った雨を今にも落としそうに厚ぼったく含んでいる、鈍色だ。

こんなものの内側に、何だって急いで入りたがってたんだろう。

僕は、いったい何の用事があってそんなに急いでいたのか、もうすっかりわからなくなっているのに気がついた。

（了）

〈『月刊MOE』収載〉

いけない兵器ビジネス

グリズリーはアルマジロ武器商人から、首尾よくロケットランチャーを買い付けた。弾はハリネズミとペアにされて常時怒り狂ってるスカンクで、発射されるとあたり一帯がひどいことになるやつだ。また、地雷の件でもきっちり話がついた。凶暴なクズリが一つ一つに入ってて、踏みつけるとひどく咬み散らすという恐ろしい仕組。そしてクラスター爆弾についても、至ってご機嫌な商談成立。数百個のクラスターの中に仕込まれたラットが、投下された場所でやたら繁殖し始める、いまわしい兵器。しかもラットどもにはレプトスピラ菌を感染させてあるので、黄疸(おうだん)全身出血性のワイル病を撒(ま)き散らすことになる。

どれもこれも「非獣道的」というのでマダガスカル条約で禁止されているシロモノばかりだが、この地下見本市でなら密かに取引できるというわけだ。

ともあれ、武器の買い付けというのはやたらテンションが上がるもの。ゆさゆさと巨体を揺すりながら、グリズリーは物色を続ける。

「そいつは何かな」

目ざといグリズリーは、アルマジロ商人の乗っかっている純白に輝くスーツケースに目をつけた。

「あ。これは売り物じゃないんです。あたしの椅子代りっていうか、参考展示用で」

「そうかい。だから、中身は何なんだい」

「まあその、言ってみれば最終兵器といいますか」

「最終兵器？」グリズリーの目がぐいっと見開かれる。「ほう。そんなたいそうなものとはね」

「でも売れませんよ。絶対に」とアルマジロ商人は急いでかぎづめを振る。

「そう言われるとますます興味がわくな」

「あのですねぇ」背中を丸めかげんのアルマジロ商人。「最終兵器が行き渡っちゃったら、もうほかの武器なんて売れなくなっちゃうでしょうが。だからこれが炸裂しちゃいけないいんです。絶対に」

「なるほど。商人のリクツとしてはそうなるな。もしかして、核兵器の新型かい」

アルマジロはかぎづめでもって頭をかく。

「それどころじゃないんです。行くとこまで行っちゃった究極のやつなもんで」

グリズリーは思わずあたりを見回し、声をひそめる。

「大丈夫なのか。ここにそんなやばいもん置いといて」

「ただし、誰か一人が持ってるだけじゃ効かないんですよ」とアルマジロ商人は両耳をひくひくやる。

「効かない？　えらく妙じゃないか。そんなベラボーに強力な兵器なら、持ってるやつには誰も手が出せなくなるだろうが」

「ところがそうじゃないんですってば」とため息をつく商人。「何て言いますか、不思議な性質でして。みんながみんな持ってないと、ちゃんと働かないんです」

「まるでわけがわからんな」グリズリーは目を白黒させる。「それじゃまあ、覗くだけでいい。ちょっと見せてくれんか。安全ていうならばな」

「今は安全ですってば。大丈夫には違いないんですけども……しょうがないなぁ。それじゃ、ほんとにちらっとだけですよ。ひと目見るだけ」

アルマジロはしぶしぶ、スーツケースに暗証番号を打ち込んだ。かちりとロックが解除されると、グリズリーはかたずを飲んで、顔を近づけた。と思うとすぐに、アルマジロはぱたりと蓋を閉じた。

「ね、わかったでしょ？」

面食らった顔のグリズリーは、

「……何かの冊子が入ってるだけじゃないか」

「表紙に何て書いてありました？」

「……本国憲とかいうのが見えたぞ。それからあと、九って数字が」


（了）

カンガルー・ドライヴ

「ね、牛乳で育つかしら」

男は厄介ものを拾い上げた予感に、大儀そうに答える。

「カンガルー牧場の隅に、そっと返しときゃよかったんだ」

「今さら、そんなこと言ったたって」

「なあ、そのへんに降ろしていこう」

「死んじゃうわ」

「子供をなくした親カンガルーが、拾ってくれるだろ」

女はかすかに首を振り、窓の外を浸し始めている薄闇に目を向けながら、黙り込む。右手の指には煙草、左手の指は生きものの温かみをさぐるように、そっと膝の上のデニムのトートバッグを撫でている。

外には、夕陽にとろけるラズベリー・プディングみたいなウルル。かつてエアーズ・ロックと呼ばれていたその大岩が、右奥の方にのろのろと遠ざかっていく。

男はだめを押すように口を開く。

「カンガルーなんてあり余ってるのさ。ここいらじゃ」

確かに、《カンガルー飛び出し注意》の立札をさっきからいくつ見かけたろう。

「運転がいけなかったのよ」女は話を蒸し返す。「ビール飲んでて、あんなスピードで」

「いきなり飛び出して来たんだ。おれのせいじゃない」

「立札があったのに」

「あれはカンガルーどもに注意を呼びかけてるんだ。ドライヴァーにじゃなくて」

女はいっとき、男にきつい視線を投げかける。

「バンパーだってへこんじまった」弁解するみたいに男はつけ加える。

「大きなカンガルーだったもの」ぼんやりと窓の外に目をやりながら、女は口にした。それから手のひらに目を落とした。男と二人して、道路脇に引きずり寄せたときの、あの尻尾の感触がまだ残っているかのように。

「芯が硬い」女は生々しい記憶を唇に乗せる。「尻尾の芯が、死のように硬い」

七、八本目の立札を過ぎたとき、女は再び口を開いた。

「やっぱり、警察に届けなくちゃ。それか、カンガルー牧場に」

「もめごとはたくさんだ」男は苛立った口調で首を振った。

「じゃあこの子、どうするの」

男は運転に集中している素振りで、口をつぐむ。カンガルーの子がバッグの底で声を出す。ワインのコルク栓を開けようと、きゅるきゅる回すような声。

「鳴いてる」と女。「聞こえるでしょ」

「次のカンガルー牧場で降ろすぞ」

女は男の言葉を無視するように、ごわごわした布越しに子カンガルーに話しかけた。

「よちよち。ドライヴするのよ。どこまでも、道が尽きるまで」

「厄介ごとはごめんだからな」

「カンガルーは、自分のじゃない子は育てないの。それから、この子にはまだまだお乳がいるわ」

女の決然とした説得に、男はだんまりのままハンドルを握り続ける。

「コーヒーいれてくれ」

女は黙って身をよじり、バックシートに手を伸ばすとポットを取り、まだ湯気の立つやつをマグカップに注いだ。いつのまにか頭の半分をバッグの口から出したカンガルーの子が、鼻先をひくつかせている。ユーカリの樹に雷が落ちたとき、こんな焦げた匂いがした、とでもいう表情。警戒心を押しのけるほどの好奇心に満ちた、まるい鳶色の瞳。

「育てましょう」女は言った。「おなかが温かくなっちゃった。この子の体温が移ってきてるんだわ」

「気は確かか？　どれだけでかくなるのか知ってるだろ」男の声ははっきりと苛ついてきている。

「芝生があるじゃない」

「餌はどうする」

「あたしが何とかするわ。餌代くらい」

「餌代だけの問題じゃない。無理だ」

男はコーヒーの苦い澱を流し込むと、女にカップを返す。それからカーラジオのスイッチを押し込んだ。リトル・リヴァー・バンドの音が流れ出してくる。『ロンサム・ルーザー』最初の一小節。女は左手を伸ばすと、トーンコントローラーで高音部をうんと絞り、シンバルやハイハットの音を消す。音は袋の中のカンガルーみたいに、もこもこしたものになる。

「あたしね」女は、独り言ふうに口にした。「前からカンガルー、育てたかったのよ」

「犬のほうがまだましだぜ。カンガルーよりは」男は妥協案を持ち出す。そういえば、女が犬か猫を飼いたいと洩らしたのは先週のことだった。その時も、男はいい返事をしなかった。

「カンガルーだって、なつくわ。かわいがったら」

女の指は袋の口からわずかに覗いている子カンガルーのぴんと立った耳を、そっといじっている。猫のよりはこわい、けれど生きものしか持たない、柔らかな感触。

「育てるわ、この子」

「だめだ、置いてくんだ」

女はひと呼吸おいて、

「あんたと別れてでも、育ててみせるから」

「そうかよ」という男の声が怒気を含む。「勝手にしろ」

「あのカンガルーの袋に入ってた子なのよ」

「轢きたくて轢いたっていうのか？」

押し問答がユーカリの葉擦れのように続く。

「……ちっと妙じゃないか？」

「何が？」

「ウルル、もう過ぎたよな」

男が顎で指した所に立ち現れていたのは、残照に輝く大岩の威容だった。ついさっき後ろに見えなくなりかけていたはずのやつが、逆にじわじわと近づいてきているよう。

「まだ少しばかり、酔いが残ってるらしい」と男はこめかみを指で押さえる。

「だって、あたしにも見える」

「おい。息苦しくないか」

男が窓を下ろしきっても、顔は息苦しさに歪むばかりだった。

「アナタタチハ、マダコドモナノヨ」

声が出し抜けに、頭上から降ってきた。

「聞こえたか」

「聞こえた」

男の眉間の皺が、年月をかけて刻まれた谷みたいな影を作った。

「あたしわかった」女が、虚ろな声でつぶやく。「ビッグママ・カンガルーだわ。伝説の」

「何だそいつは」

「聞いたことがあるの。カンガルー一族の誰かが危機のときに現れるんだって」

男は、生まれて初めて寿司ロールを口に入れたときのような顔をする。

「アナタタチハ、マダコドモ」と溜息混じりの声は告げた。「シバラク、フクロノナカニ、ハイッテナイトネ」

「あなたたち、って、こいつのことじゃ……」

ハンドルを握りしめた男は、ちらりと子カンガルーにくれた目を、助けを求めるように窓の外に移した。深紅の大岩はもう間近だ。滑らかな岩肌が手に取るように見える。

「どういうことだ。こっちに迫ってくるぞ、あのいまいましい岩」

「乳房なのよ」女の口調は確信のこもったものになる。

「何だって」

「カンガルーのおっぱいは、袋の底の方にあるんだから」

「オッパイヲノンデ、カンガエナオシナサイ」頭上の声は、淡々と歌うように繰り返す。

男の顔は、車ごとウルル乳房の天辺に押し上げられた自分たちが、噴水みたいに吹き上がるミルクの中に溺れている光景を思い浮かべているふうだ。冷や汗にまみれてアクセルを踏みっぱなしにしても、岩は遠ざかっていかない。車はずるずるとバックしていく。

「進めなくなっちまった」男はかすれ声を絞り出す。「袋の中だ。どでかい袋の」

「あたしたち、コドモなんだって。ほんとにそうかも」

「わけのわかんねえことを」

けれど女は、何となしに落ち着き払っている。そしてその声音には、何かしら弾むようなものが混じっているのだった。

「いつまでもこうじゃ、だめなのよ。オトナにならなくちゃ。もっと、ほんとにね」

再び厳かな声が降りてくる。

「ケイサツイキデモナク、カウノデモナク、ホゴダンタイニトドケタッテイイノヨ」

いっときの濃いだんまりののち、あらためて声が。

「ソレデ、ソノミナシゴヲ、ドウスルノ」

「どうするって……」男が口ごもるのを、女が引き取る。

「育てるわ。もう決めたの」

「決めた……んだとさ」

男は口添えでもするふうに、

「キモチハ、タシカナノカシラ」

女は物静かに、けれど決然とした口調で答える。

「ウルルみたいに確か」

「ソレダケ？」

「夫を説得します。必ず」

「モシモ、ソダテラレナカッタラ？」

男の表情がふっと緩む。そして深呼吸のあげく、声を出した。

「だいじょうぶだ。最善の手を打つ。二人でやるよ……」

溶け出した飴みたいな沈黙が、車の中に垂れこめる。

「オーケー」がくんと揺れが来た。「ソレデハ、イキナサイ。ワタシノコドモタチ」

男は汗に濡れそぼったハンドルを握りなおすと、自分にだけ言い聞かせるような声でつぶやく。

「幻覚だ。酔いと故障が重なりやがった。ったく」

濃い臙脂色の空を背景に、ウルルはシルエットになりかかっている。

「……じゃなくて、白昼夢がシンクロしたってことか」

「それ、現実って言わない？」

男と女と一匹のみなし児を乗せたピックアップ・トラックは、牧場の柵を飛び越えたカンガルーさながらの勢いで、ハイウェイ上を駆けていった。

＊

女が子宮摘出手術を受けなければならなかったのは、去年のことだった。以来、男のほうで折り合うことが心なしか増えている。

トートバッグからすっかり顔を出したカンガルーの子が目をしばたたき、身じろぎした。

「あたし、意地を張ったみたい」女は穏やかに言った。「でも、この子がいちばんいいようにしてあげなきゃね。関わっちゃった以上は」

「帰ったら、ネットで調べてみるか」

「何を？」

「育て方さ。カンガルーの」

女は頷く。

「煙たがってるぜ」と男は前方に注意を向けたまま言った。

「あら、ほんと」女は弾かれたようにダッシュボードの灰皿を引き出すと煙草を揉み消し、窓を少し開けた。それから坐りなおすと、目の端で、しばらくのあいだ男の横顔を見ていた。

（了）

亡国記

幼くして即位した王は、未だかつて丸くなったことがなかった。お付きの者たちが体を張って護衛に努めるので、自分を防御する必要がなかったのだ。今、その王が球体への熱望を語りだす。

「いっぺん丸くなってみたいんだよね。ぼくもいちおうアルマジロなんでさ。だけど、なり方がさっぱりわかんないし。で、手伝ってくんない？」

お付きの者たちは面食らい、ためらった。

「お言葉ですが、丸まらないでもよいのではないかと。私どもが固く固くお守りしておりますので」

「てゆーか、守るとかじゃなくて、丸くなってみたいんだってば」

御意には背けない。そこで臣下たちは四苦八苦、希望に従って王様の体を折り曲げてさしあげることに。

「あたたた」とアルマジロ王。「ぼくってけっこう体硬いんだよねー。今わかったけど」

取り巻きのアルマジロたちが固唾（かたず）を呑む中で、どうにかこうにかいびつな球ができあがる。臣下がおそるおそる伺う。

「いかがですかな。お具合は」

「やっベー」と興奮の返事が返ってくる。

「よろしいご気分で？」

「まじやっべー」と相手はますますハイテンション。「てゆーか、世界観変わっちゃうー」

ずいぶんと気持いいらしい。

「自分に包まれる安心感キター！　もうなんでもできそう。……そうだ、転がしてちょ」

そこで臣下たちは球状の王をそろそろと転がし、とりあえず中庭を一周する。

「なーんかこう、物足りないんだよねー。スリルがほしいっつーか。……裏手に回ろ」

アルマジロ王宮——といっても、赤土を丸っこく固めただけの造りだが——はけっこうな高台にあるのだ。

いたって見晴らしのいい高台の王宮の裏側には、一直線の坂道がはるか彼方まで続いている。転がるにはうってつけの場所だ。王の密かなもくろみに誰もが勘づく。

「申し上げます。ここから転がりなさるのはいかがなものかと」

「だいじょぶ。やっちゃって」

「お戻りなさるのに骨が折れますぞ」

「そんときはそんときだって。さ、ぐいんとやっちゃって」

臣下たちは細っこい舌をしきりに出し入れしながら——馬鹿にしてるわけではなく、困惑のしるし——、急坂の始まるところまで王球を転がしていく。

「着いたみたいね。それじゃ、さっそく転がしとくれ。ぎゅいんぎゅいんと転がしとくんなまし」

なんだか興奮のあまり、言葉遣いもおかしくなっている。こうなるともう、やむをえない成り行き。

置かれたところからさっそくアルマジロ王は転がりだし、ほどなく火の球と化して加速を始める。巻き上がる土埃でもって現在位置がわかる。

「ひゃっはー」という叫び声がきれぎれに、遠ざかる球体から届いてくる。

坂の尽きるところには、無数のだんご虫がわらわらと群れをなしている……と思ったら、ボールがやたら溜まっているのだった。ゴルフボールにサッカーボール、バレーボールにソフトボール。ビーチボールにパンチングボール。パチンコ玉にビリヤードの玉。まるで球っていう球の博覧会場だ。丸まることに憧れ続けていた王が、日々の無聊（ぶりょう）を慰めていたのだ。コレクションした各種の球を落としては転がり具合を眺め眺め、この日を夢想していたのだ。

王球は猛烈な勢いでもって、ベラボーな数の球のまっただ中へと突入。テニスボールなんかはこぞって天空高く吹っ飛ばされるカオス。

「ひゃっほーい」と最後の雄叫びが。「もう王様とかやってらんねー。だいいち向いてねーしー」

丸まった王は、もはや何重にも重なりあった他の球と区別がつかない。その中で王は、達成感と安堵に埋もれていた（たぶん）。王様なんてお役御免と決め込んで。

そんなわけで、気まぐれな王の王国はいきなり終焉を迎える。もはやこの世にアルマジロ王は存在しない。

＊

後日アルマジロ王は、球コレクションの過程でできたコネクションを通じて、なんと仕事に就いた。甲羅に三つの穴を開ける条件で、働くことになったのだ。再就職先はボーリング場。むろん非正規で非常勤だが、案外楽しいらしい。

（了）

つながないで

「つながないでよ」と獺(かわうそ)は懇願しました。「太いひもでもって、川べりのクヌギの樹には、絶対につながないだりしないで。たいへんなことになるから」

「んなことしねえよ」と猟師は請け合いました。「忙しいんだ。どっかへ行きな」

「ほんとにつないだりしない？」

猟師はこの小柄ではしっこそうな動物に、ちらりと目を落としました。

「ああ。獺なんぞにかまってる暇はねえ」

実際のところ獺は、狩りの獲物としては臭くてまずいのでした。

「そっか。じゃあよかった。きっとつながれちゃうんだと、思ってた」

猟師は、自分を一直線に見上げている獺を無視して歩き出しました。ところが獺はその後を、落葉を踏み踏みついてくるのです。

「おい。なんでついてくるんだ」とうるさげに猟師。

「ぼくにお構いなく。とにかく、絶対につないだりしないでね。何があってもさ」

「つながねえってば」

「あのさ。頭に来て誰かをつないじゃったこと、ある?」と訊ねる獺。

「ねえよ。だからとっとと失せろって」

「まさか太いひもなんか、持ってないよね?」と確かめる獺。

「うるせえな。これ以上ついてくるなら、ズドンだぞ」猟師は歩みを緩めながら、脅しました。

「つながれるくらいなら、撃たれるほうがよっぽどまし」

「わけのわかんねえことを」猟師は唾を吐くと、再び歩き出しましたが、しばしの沈黙のあとで、獺がまた口を開きます。

「約束だよね? つながないこと」

猟師は立ち止まり、肩から銃を下ろしました。こめかみにはくっきりと血管が浮き出しています。ジャケットのポケットからメントールガムを取り出すと、乱暴に口に放り込みました(猟には煙草は禁物なので)。猟師はガムを噛み噛み、獺をにらみつけました。そして太い人差し指でもって、鈍く光る銃身をゆっくりと撫でました。

「いいか。よぅく聞け。あっちへ行くんだ。おれと逆の方向へな。い・ま・す・ぐ・に・だ。さもねえとほんとに……わかったな?」

低い声で言い渡すと猟師は、また銃を肩に掛けなおして歩き出しました。それでもやっぱり獺は、足元から離れようとしません。どこまでもついてくるのでした。

「ねえ、知ってる?」

「……」

「ねえってば」

「ああ？」

「ぼくの歯って、意外と鋭いんだ」と獺はぴったりついて歩きながら言いました。「つないだりしたら、きっと咬んじゃうかもよ」

猟師はやにわに腰を落とすと、汚い革手袋をはめた右手で獺の首根っこをつかみました。そして、口もきかずにクヌギの樹のそばまで戻ると、リュックに左手を突っ込み、獲物を縛るためのロープを取り出しました。

「ほぅら。やっぱり持ってたんだ。太いひも」と、吊るされたまま嬉しげな獺。

猟師はひもでもって獺の体をがんじがらめに縛り上げ、その端をクヌギの幹に巻きつけました。

「ああ。ああ。やっぱりね。こうなるって予感してたんだ」と興奮気味に甲高い声を上げる獺。

「やかましいわ。これで気が済んだか？　死ぬまでつながれてな」

そのとたんです。ぐるぐる巻きの獺の胴体はむくむくと膨らみ始め、ロープは煙を上げながらちぎれて飛び散っていきました。あっという間にクヌギの樹を越える大きさにまでなった獺は、足元で呆然と見上げている猟師をつまみ上げました。そしてひと咬み、ふた咬みで、濡れたぼろきれのように引き裂いてしまいました。

「だから、あれほど言ったのに。つながないでってって」


（了）

ネコの国に黄昏は（ぼくならここだよ）

オブ、正式にはオブリージュは、かしいだ土地の上できっかり三年暮らした。それで、飼主と一緒に水平な土地に引越したら、まずは転んでしまった。思わず這いつくばって、（世界が斜めになっちゃった）と思ったものだ。オブは新しいすみかが気に入らなかった。どうしたってよろけてしまうのだ。

「ごめんね、オブ。慣れるまで我慢してね」

でもオブは、我慢なんかごめんだった。家出して、元のすみかの方角へと歩き出した。およそ三〇〇キロ彼方の。

いっぽう、飼主——三〇歳を少し過ぎた女の人、ルイコさん——は、戻ってこないネコを探し始めた。

「オブ、オブったら。どこ行っちゃったの、もう」

ルイコさんは離婚して、三度目の引越しをしたのだった。引越しのときにはいつも、山のようなネコ・グッズとともに移動したものだ。ネコ・マグ。ネコ・スリッパ。ネコ・カウチ。もちろんネコじゃらし。それにジミー・スミスのCD『ザ・キャット』。エトセトラ。

「ほんとにもうオブったら。ネコっかわいがりしすぎたせいかな」とルイコさんは反省してみる。

「今度はもうちょっと、厳しくしなくちゃ」

でもルイコさんには、何をどう厳しくするかなんて、思いつきはしないのだ。

さて、オブは旅の途中、一匹のノラと知り合いになった。勝手に名づけるならトリッキー、しっぽでムチみたいな音を立てる、意地悪ネコだ。

「ちょっとそこのあんた、どうしたのさ。よろよろしちゃってまあ」

出し抜けに背中から声をかけられたもので、オブはどぎまぎした。

「ほんとのおうちに戻るとこ」と、ひげをひくつかせながら正直に答えた。

「ほんとのって？」

「傾いてないとこに」

「へええ。まっすぐにしたいわけねぇ」とトリッキーは目を細める。「そう。じゃ、手っ取り早い方法、教えたげる」

トリッキーはオブに、マタタビの実を一つ渡した。

「これ、何？」

「すてきな魔法の食べもの。まっすぐになるから、食べてごらんな」

くんくん。ちょっとばかり喉が詰まるみたいな、甘い匂い。誘われる匂い。思いきって飲み込むと、あたりがのろのろと回り始めた。と思うと、ほどなくしゃんと水平になった。すごい魔法。

オブはあらためて、相手をまじまじと見つめた。

「ええと、きみ、耳のとこにカタツムリの子がくっついてる」

「ばかねぇ。パールのピアスよ」

「じゃあ、ぼく帰るよ。とにかく、みんなまっすぐになったから」

「ご自由に。ところでさ、もしあんたの飼主が呼んでたら、あんた返事する？」

オブは口ごもってしまう。確かにルイコさんは探し回ってるはず。でも、すぐに返事をするのはあんまりナイーブすぎやしないか。

「そりゃするわよねぇ、きっと」とトリッキーが挑発する。

「べつに」とオブはそっけなさを装う。

「きっとするってば。あんたは人間から離れられない」

オブはかぶりを振る。

「そんなら、賭ける？」

オブはちょっと意地になる。

「……いいよ。でも何を？」

「世界を。いい？」

オブは面食らう。けれどもう、乗りかけた船だ。

「ふーん。いいよ」

「じゃ決まった。返事をしちゃだめよ。そのとたん、世界がぶっこわれちゃうんだからね」

だから、ルイコさんの家の近くまで戻ってきたオブは、石くれみたいに口をつぐんでいたのだ。

ルイコさんは、オブがいつもの隠れんぼを楽しんでるのだとばかり思い込んでいた。ちょっとばかり長めのやつだが。

「ねえ、オブ、どこにいるの。返事してってば。お願い」

夜になるとオブは、道に迷ってしまう。ネコのくせに昔から暗闇には弱い子だった。いつだったか停電のとき、鼻先をダイニングテーブルの脚にぶつけて前足でこすってたことがあったっけ。どうかオブが見つかる前に、夜が降りてきませんように。ルイコさんは心の中で黄昏を禁じた。

そう、ネコっていうのはこわれものだ。場合によりけりでこわれたり平気だったりの、けっこうずうずうしいこわれものではあるものの。ああ。

ルイコさんは探し続けた。黒縁のメガネはすっかり曇り、パンプスとスニーカーが、足ずつ、履きつぶれた。

オブはとうとう声を洩らしてしまった。

「ぼくなら、ここだよ」

とたんにトリッキーのけたたましい笑いが虚空に響きわたって、

「ほうら、あたしの勝ちね」

そうして世界はこわれてしまい、二度と元に戻らなくなりましたとさ。

……なあんてことを想像してみる。そんなぐあいになっちゃったら困るので、オブは黙ってるのだ、たぶん。きっと。けっこう意固地なんだから、オブったら。

何日たってもルイコさんは、まだオブを尋ね歩いている。平たい場所を斜めにかしぎながら。お気に入りのパールのピアスもなくしてしまって。あたしがオブに、口を開かないよう仕向けてるの?とルイコさんは突拍子もないことを想像してみたりする。けれどそれで気が休まるわけじゃ全然ない。ほとんどあきらめかけているものの、それでもいつかオブが返事をしてくれるんじゃないかとかすかに思っている。たとえ世界が――いま以上に――こわれてしまっても。だって、ほんとはネコは我慢比べなんか嫌いなのを知っているのだ、ルイコさんは。

つまるところルイコさんの世界といったら、ネコでできている。どこもかしこもネコだらけだのに、ネコたちはみんなして口をつぐんでいるので、ルイコさん以外誰もそのことに気づかない。ときたまどっしんばったん、騒ぎが持ち上がる。かと思ったら今度はごろごろ、眠たげな交歓。食卓の下には雨が降り注ぎ、車庫の中はかんかん照りだ。まったく、ネコどもの君臨する世界は油断できない。そしてオブはどこかで、そんな世界を守っているのだ。

ルイコさんの住むネコの国に、黄昏はやってこない。黄昏らしく見えるのは、ばかでかいトラネコの背中だ。そのへんの丘よりもでかいものだから、ときどきマタタビの匂いにむせびながら寝そべると、ネコの国の住人にはもうその生卵の黄身みたいにとろんと黄色い背中しか見えなくなってしまうのだ。そしてトラネコは、気を滅入らすと背中の色がどんどん濃くなる。憂色というやつ。トラネコがにやりと口の端で笑ってみせると、うっすら三日月だ。それがネコの国の黄昏だった。

（了）

不機嫌な街で

「雪ってひどいよね。やんなっちゃう」

その雪はでこぼこの頭にもひろびろした背中にも、しんしんと降りつもる。空を仰ぐ元気もないゾウにとって、雪は空のこぼす冷たい憂鬱な破片だった。サバンナのまんなかの、バオバブの木陰のことが頭をよぎる。暖かな風に吹かれながら、あのばかでかい木の下でぼんやりしているのが、ゾウの一番の好みだったのだ。

夜更けの住宅街をさまようゾウは、六軒目の家を訪ねた。ドアを鼻先で遠慮がちにノックすると、男が顔を出した。玄関の灯りのせいで、顔はシルエットだ。

「なんか用か」男はぶっきらぼうな声を投げかける。

「用事ってわけじゃないけど」ゾウがたじろいで答えると、

「じゃ、帰んな」

「あの。ぼくのこと、知ってます？」怖気づく気持を励まし励まし、ゾウはたずねた。男はドアの把手を握ったまま、じろじろとゾウを眺めやる。

「……カバだっけかな」

落胆したゾウは気を取りなおし、

「ゾウなんですけど」

「で、それがどうした」男はうるさげに手を振った。「ゾウだってカバだっておんなじだ、おれにとっちゃ」

「あの。世界でいちばんでっかい、動物」

「いちばんでかくたってちっぽけだって、とにかく間に合ってる」

ゾウは思わずうつむいてしまう。それから口のなかでもごもご言った。

「ぼくって、ちっともすごくないんだ、ほんとは」

「ってわけだ。ほかへ行きな」

男は音高くドアを閉めた。もう二度と開けないぞ、とでもいう勢いで。で、ゾウはまたまた自分の影を引きずりながら、歩きだした。

七軒目。

こぢんまりした、ゾウなどおあいにく、というたたずまいの家だ。

「こんばんは。ちょっと、入ってもいい?」ゾウはおどかしてしまわないよう、蚊の鳴くような声でたずねた(つもりだった)。けれどその声は、小さい家中にとどろきわたった。

「わかんない」と女の子は怯えた顔。

「パパかママ、いる?」

女の子がぱたぱた奥に入るのと入れ替わりに、ママがやってきた。

「まあ」

「ぼく、ゾウです」ゾウは少しばかり開きなおって、ストレートに告げた。

「あらあら」

ママが引っ込んだと思ったら、今度はパパが顔を出した。さっきの女の子が、後ろに隠れるようにしてくっついている。

「困るなぁ。いきなり来られちゃ」パパは眼鏡を光らせながら、「子供の教育にも悪いんだよ。もう寝る時間だのに」

（ぼくも寝る時間なんだ）ゾウは心の内で返す。（だけど、寝るとこがないんだもんね）

「きみはアフリカゾウだな。インドゾウじゃなくて」と相手は出し抜けに口にする。

「わかります？」ゾウはほのかな希望の光を見いだして、両耳をもたげた。

「ほぅら、やっぱり耳がでかくて三角だ。インドゾウのは小さめで四角だからね」

「そうそう」と嬉しいゾウ。

「なるほど。じゃ、おやすみ」

ゾウは慌てて、閉じかかったドアの間に鼻先を差し入れる。

「こらこら、閉まらないじゃないか。セールスマンみたいなこと、するんじゃない」

そのとき、女の子の声がした。

「パパ、リンゴあげていい？」片手でしっかりとパパの手を握りながら、真っ赤なリンゴをひとつ、おずおずと差し出す。

「よしよし」パパはうなずくとゾウのほうを向き、「じゃ、もう来るんじゃないぞ」

今度こそ、ほんとにドアは閉じられた。

ゾウは歩きながらリンゴを口の中で転がしていたものの、じきがまんできなくなって呑みこんだ。

「つらいよね、こんな日は。南から来た動物にとっちゃ」

つぶやきに応えるように、足元でうめき声が聞えた。立ち止まって目を凝らすと、半分雪に埋もれかかったものの姿。ゾウは踏みつぶさないよう用心して足をずらし、

「あれれ。なんだい、きみ」

「ただのアルマジロ」と丸っこい背中をいっそう丸めるようにして、ちっぽけな動物は返事をした。しばらくのあいだ互いを観察していた二匹は、やがてなりゆき上、身の上話を交わしあった。

「やれやれ。じゃ一緒に行こう」

「だけど、どこへ？」

「駅の待合室のとこにでも、行ってみる？」

すると相手は、深々とため息をついて、

「ついさっき、追っ払われたんだ。意外と目立つんだよね、ぼくって」

ゾウはびっくりして独り言を言う。

「きみが目立つんなら、ぼくは鼻の先っぽも入れられやしない」

「この街って、とにかく不機嫌なんだから。おまけにこの雪だしねぇ」

「ここにたどり着いたら、うまくいくって思ってたのに」

「そうなんだ。ぼくもこっちへ来てから、ろくなことがないんだ」

「ああ。でも、これが人生ってもんなのかも」

「ぼくたちもう、メルヘンの世界じゃ生きていけないんだと思う」こわばりかけているかぎづめに息を吐きかけながら、アルマジロ。

「えーい、やけになっちゃったぞ！」ゾウは思わず、誰に向かってでもなしにそう叫ぶと、鼻を振り回した。

「力をとっときなよ」相手は頭を引っこめてうずくまりながら、忠告する。

「ぼくたち、ひどくかわいそうだ」とゾウはつぶやいた。「なんだか『マッチ売りの少女』みたいになってきた」

「このまま凍えて、おしまいになっちゃうんだ」とアルマジロは凍りついたみたいな声を出した。

「ああ」しばらく雪まみれの肩を震わせていたゾウは、やがて自分を力づけるように言った。

「でも、とにかく最後の最後まで、ベストを尽くさなくっちゃ」

「来年はいい年だといいねぇ」

「来年よりか、今晩のこと考えないと」

と、後ろから呼びかける声が。

「おいおい、そこのでかいきみ。きみは正真正銘のゾウだな」

振り向くと、小柄な、紺の短裾ジャンパーを着た男が立っている。

「ああ。ぼく何も悪いこと、してません」ゾウは思わず弁解した。「リンゴをくすねたりとか」

「よかった！　きみみたいな正直な力持ちが必要だ！　むろん食いものもたっぷり食えるぞ」

「ぼくが？　いるって？」

「きみだよ、ゾウくん！　きみが必要なんだ」男は降りかかる肩の雪をタオルではたきながら、力強く請けあうのだった。

「ほんとに？」

「ほんとだ」

男はあごが胸につくほど深く、うなずいた。

「この世界はきみを必要としてるんだ」

「ああ」ゾウの目にじんわりと涙が浮かんできた。「神さまだ。神さまがこの人、お使いによこしてくれたんだ」

「あの、おめでとう、ゾウくん。することが見つかって」と足元からアルマジロが、かすれた声を出した。仕事が見つかったのが自分だったなら、もっと幸せだったかも、という顔つき。

「ああ。ありがと」ぼんやりと、夢でもみているみたいな調子で、ゾウは答えた。

男はじろじろとアルマジロのほうを眺めて、たずねる。

「友だちかい？」

「ええ」とゾウ。「アルマジロくんにも、することないかな。できたら」

「何ができる？」

「ええと、丸くなることくらい」と消え入るような声でアルマジロは答えた。

「とても固いんだけど。背中が」とゾウが熱心に口添えする。

「ふむむ」男は言った。「よしわかった！　きみにもちゃんと持ち場があるぞ」

「ほんとに？」と疑り深げに、それでもかすかに期待を込めた調子で、アルマジロ。

「ああ。任せときなさい」


「えーと、お次はこのダクト三本だな。場所は地下一階、と。足場崩さんようにな」

「オーライ」

「ねえ、ぼく役立ってる？」とアルマジロは弾んだ声を出す。

「ああ、とっても。きみが頭の上に乗っかっててくれると、安心さ」とゾウが浮きうき答える。

アルマジロ・ヘルメットをカップか何かみたいに頭に乗っけてずしんずしん去っていく、ゾウの巨大な尻を見送りながら、現場監督はひとりごちた。

「……ったく、今日びの人手不足にも困ったもんだ。さまよってるゾウの手も借りなくちゃならん。おまけにアルマジロつきときた」

ゾウはふと、ずらり並んだ窓に目をやった。外に降りしきる雪が、何か懐かしいものに似ているのに気がついた。ゾウは嘆息した。

「ああ、雪って、バオバブの花びらみたいだったんだ」

「サボテンの花みたいにも見えるなぁ」とアルマジロがつけ足した。


（終）

〈第一回ゆきのまち幻想文学賞入選作〉

けもの浄土

「おいら外来種なんすけど、入れますかね」とワニガメ。断られたときには噛みついてやろうと、口を半開きにしている。

「浄土に一切の差別はありません。大丈夫ですよ」と優しい声が軽やかな音楽のように響く。まさしく阿弥陀如来だ。

「あと、おいらけっこう凶暴って言われてるんすけど。キレやすいし」

「平気ですよ。ここに入った者たちはみな、穏やかで物静かな気立てに変わるのです」

それでも今まで、人間にはさんざんな扱いを受けてきたワニガメは警戒を緩めず、

「誰か先に来てる人、紹介してくれないっすかね」

「いいですとも」と阿弥陀様はどこまでも親切。「それでは、アライグマさん、ここにおいでなさい。この人も外来ですよ」

ほどなくのそのそと現れたアライグマは、

「手を洗っててちょっと遅くなりました」と礼儀正しく断ってから、「心おきなく、悟りに向けて修行してます。手洗い励行しながら」

阿弥陀様の補足。

「アライグマさんも、ここに入るまではけっこう荒くれていました。畑や果樹園荒らしの常習犯だったのです。かわいそうに、棒でさんざんぶちのめされたりして。それが今は、こんなにふっくらと愛らしい、一生懸命な子になって」

「まじか」といぶかるワニガメ。

「では似たような境遇の人、もう一人紹介しましょうね。ハクビシンさん、こちらへ」

「やあ」とんがった口元のハクビシンが、陽気にスキップでやって来る。「恐い顔してんなー。まあ中へ入んなよ。一緒に修行しようぜ。あ、危ないから口なんかは閉じてね」

「この人も農家の屋根裏でつかまって、水に沈められるところだったのです。目の敵にされて。今はここで修行一筋の日々ですよ」

「ときどき息抜きはするけどな。いたずらとかな」と小さい声でハクビシン。

「やんちゃな子でしょう」と目を細めた阿弥陀様は、ワニガメに向きなおって、「さあ、遠慮せずにどうぞ。ここはあなたの場所ですから」

「それで、ジョードって、まとめるとどんなとこなんすかね」とまだ粘るワニガメ。

「塵一つなく清浄で、澄みわたっている理想の場所ですよ。だから浄土というのです」

あんましおいら向きじゃない、とワニガメはこっそり思った。おいら、どよんと濁ってるとこのほうが好き。

「だけどよ、なんでまたよりによって、おいらみたいなのを入れる気になったんで」

「虐げられてきた者ほど、温かく迎えられるのです」

「にしても、こいつら哺乳類だし、おいら爬虫類で種が違わねえかな」

「ですから何類だろうと、ここには差別はないのです。安心して」

「ふぅん。そうすか」

ワニガメの半開きの口は、だんだんと閉じてきていた。ワニガメはペットとして中小企業の社長宅の池で飼われていたものの、景気が陰ったとかで、近所の自然公園の沼に夜中に捨てられたのだった。けれどそこは、ワニガメにとって極楽だった。何しろ鮒だの鯉だの、獲物になる小魚しかいないのだ。ワニガメは傍若無人の王様として君臨した。テレビ局がやってくるまでは。番組企画で、各地の池だの沼だの水を抜いて何が出てくるか見てやろう、ということになったのだ。やらせなしで視聴者の好奇心が満たせるうえ、コストもさほどかからない、おいしい企画。で、騒ぎの中で隅に追い込まれたワニガメが姿を現したとき、プロデューサーもディレクターも興奮を隠せなかった。ただでさえコワモテのこの動物だのに、そのでかさといったら。食べ放題だとこうなるわけだ。立たせたなら、ディレクターの腰のあたりまで届きそうだ。

さああとはつかまるだけだったが、せめて何人にか噛みついて意地を見せてやろうと決意したとき、昔ふと耳に挟んだことを思い出した。危機一髪のときに「ナンマンダ」とひとこと唱えれば救われるぞ、って。

唱えてみた刹那、気がつくとワニガメは西方浄土の入口にたたずんでいたのだった。

いっとき回想にふけってしまったワニガメが現実に戻ると、阿弥陀様はまだ辛抱強く待っている。

「それほど迷っているということは、気持ちが揺れているのですね」

「そうかもしれねえっす」

「悟りを目指すこの申し分のない修行の場に、入りたくはないのですか」

基本的に嘘のつけないワニガメは、とうとう首を横に振る。こんなに親切にされたのはむろん初めてだが、悟りとか修行とか、ぜんぜんぴんとこない。また沼に戻って、やりたい放題の暮らしをしたほうが、なんぼかよくはないか？　そしてほんとに追い詰められて最期を迎えそうになったら、例のまじないを唱えればいいのだし。

「そうですか」阿弥陀様はどこまでも優しく言った。「あなたはまだ機が熟していないようですね。では娑婆にお戻りなさい」

次の瞬間、ワニガメの姿はふっと消え、元の沼——TVスタッフによって水が戻されている——へと十万億土を越えてワープした。

それを見送ったあと、阿弥陀如来は「一切衆生悉有仏性」と『涅槃経』のフレーズをひとこと唱えてから、ごく軽く、誰にも気づかれないくらいの溜息をついた。


（了）

アルマジロ誕生の秘密

「こらこら、やめとけよ」

ほろ酔い加減の男が見かけたのは、地べたにうずくまった一匹の動物を蹴ころがしている、悪たれどもの一団だった。その風変わりな動物は、サッカーボールほどの大きさに体を丸めている。へたをするとそのまま試合に使われかねない様子。

「誰だいおっさん」あごの線の鋭い、はしこそうな顔つきの一人が、男のふところ具合を見透かそうという調子で尋ねる。

「旅行者さ。うんとこさ遠い国から――」

「じゃ、買っとくれ！」ガキどもは口々に叫ぶ。「安くしとくからさ」

「放してやんなよ。かわいそうと思って」

「おれたちの方がもっとかわいそうだ！」

「元手、かかってんのに。つかまえるのにかっきり二時間だよ」

「ペドロはサボテンにぶつかるし」

「ロペスはサソリを踏んづけるし」

「リーニョはサンゴヘビに絡まれるし」

ガキどもは泣き真似をする。

「わかったわかった。いくらだ」

「一〇〇〇ペセタ」

「おいおい」男は平べったいテキーラの壜をちゃぷちゃぷ言わせた。「こいつだって、ひと壜一〇〇〇しないんだぜ」

「テキーラなんかと比べものになんないよ。こんな上等のおとなしい動物。ペットにもなるし、飽きたらカバンにすればいい」

「二〇〇〇」男は頭を振りふり言った。

「五〇〇〇！　五〇〇〇に負けとくよ」

「じゃ三〇〇〇だ」と男。

ガキどもは顔を見合わせる。

「そんなら引き綱をつけるよ。特別に。それで五〇〇〇ていったら、もう投げ売りさ」

いちばん小柄なのが差し出したのは、どっかで拾ったのに違いないささくれ立った麻縄だ。そいつでうずくまってる動物をぐるぐる巻きにしてみせる。

「ほぅら、持ってくのに便利になった」

酔っ払いかけたときには、何だかんだが面倒くさくなる。男は財布を取り出した。

「なんて商売上手なやつらだ」

男は縄をとっぱらうと、あらためて自分の救出した動物を眺めた。と、もこもこしたうめき声が、ボールの中心あたりから響いてきた。それから用心深そうに巻きがほどけると、一匹のアルマジロになった。

「はじめまして」と男はふざけた声をかける。

「あなたみたいな人が通りかかるの、待ってたんですよ」解放されたアルマジロは、意味ありげに何度もうなずく。どうも、お喋りなタイプの珍しいアルマジロらしい。

「そりゃよかったよ。人助け……じゃなかった、アルマジロ助けは気分のいいもんだ」

「今までにもアルマジロを助けたこと、あるんですか」

「ないけどさ」

「でしょうねぇ」

男は少々憮然として、

「どうして」

アルマジロはそれには答えず、まるで見つけたばかりのアリ塚でも値踏みするみたいな様子で、男を仰いでいる。

「お礼といっちゃ、何ですけど」やがてアルマジロは切り出した。「いいところへお連れしましょう」

男は休暇を使って、はるばるメキシコにまでやってきたツーリストだった。メキシコにやってきたのはほかでもない、世界でもメキシコにしか咲かないサボテン花、しかも噂によると一〇年に一度しか咲かないという話の幻の花、ピヤータを手に入れるためだった。で、それをどうするのかといえば、例の猛烈にむせる地酒の壜に入れるのだ。と、それはとてつもない奇跡をもたらす。ひと壜一〇〇〇ドル出しても買えない霊酒になるという仕組。というのも、ピヤータの花はぜんぜん保存がきかない。人工栽培もできない。大量に持ち帰っても、運ぶ途中で片っぱしから枯れてしまうってことだった。つまり、酒壜抱えて運よくそれが咲いている場所にたどり着いた者だけが、不思議なことを起こす霊酒を造る権利を手にできるのだ。

目の前のアルマジロは、くだんの花の咲く場所を知っていると請けあう。男は思い出した。ピヤータの別名は、アルマジロサボテンというのだった。

さて、アルマジロはこんなふうに言う。案内してもいいけど、それには道で誰に会っても、口をきかないこと。ピヤータのピの字も洩らさないこと、と。そうしないと、霊酒の効き目が失せてしまうのだそうだ。男はむろん条件を呑んだ。なにしろ地元の誰に訊ねても、滅多に咲くことのないその幻の花のありかは、到底わからなかったんだから。

さて、二人は町を抜け、荒野へと連れ立って出かけた。歩きながら男は、新しい酒壜の封を切った。

「飲んじゃうんですか」アルマジロがちょっとばかり非難がましい目で見上げる。

「三分の二も残しときゃいいだろ」

「そうですか。まあいいでしょ」

男は道々、平たい壜を傾ける。

「一杯やるかい」と連れをからかうと、

「いえけっこう」とアルマジロは律儀に首を振る。

「ところで、どんなことが起こるんだい、霊酒を飲んだら」

「すごいことですよ。それはそれは、とても信じられないようなこと」

「空でも飛べるようになるって？」

「羽は生えませんからねぇ」と相手は生真面目ぶりを崩さない。

「じゃ、もっと劇的なことかい」

「そうかもしれません。うんうん、あなたにとっては、きっとそうです」

「そいつは楽しみだ」

「ピヤータは、サボテンの一種なんですよ。ひどく珍しい種類の」とアルマジロは講釈を垂れる。

「知ってるさ」男は口に含んだ炎の酒にかっかしながら、返事をする。

「じゃ、咲くのは夜だけ、それも一時間足らずのあいだだけってことは？」

「むろんさ。聞いてる」

「それじゃ、険しい岩場の中腹にしか咲かないってことも？」

そこなのだ。ピヤータのありかは、どんな分厚い植物百科にも載っていなかった。ウェブ検索でも情報なし。なるほど、そんなとこに夜のいっときだけ咲くんじゃ、人目につかないわけだった。

……うう。それにしてもテキーラときたら、混じりっ気なしのメチルみたいにきくぞ。いいかげん出来上がってきた男は、足元の連れに訊ねる。

「あと、どれくらい、歩かなくちゃ、ならないんだい」

「あと三分ほどですよ」

「よし、きた」

いい気分で歩いてきて、道はいつのまにか坂になり、岩場に差しかかっている。めざす花はいよいよ、目と鼻の先に違いない。

でも息切れがしてきた。

「今さらながらですけど」とアルマジロは男に言う。「ほんとはお酒、よくないんですけどね」

「誰とも、口をきかない、とは、言ったさ。けど、禁酒は約束して、ないぜ」

「そりゃ、そうですけどね」

「ところで、あと、どれくらい」

「あと三分ばかり」

口をきかずに済まされない知り合いに出くわすこともなかった。当たり前だ。ここははるばるやってきたメキシコなんだから。道はますます険しくなってきていた。男はまるで、川のまんなかの深みで、急流に逆らって進もうとしてるみたいにあえぐ。足がなかなか持ち上がろうとしない。鉛でできた靴でも履いてるぐあいだ。けれど、わざわざ夜更けの霊酒造りに繰り出したのだ、ここで引き返す手はない。見上げると黄色の満月がよろよろと昇って、あたり一帯を淡い夢みたいな色に染めていた。

「ふうっ。参った、な」

「そんなに飲んでると、女の子にだって嫌われますよ」

「よけいな、お世話だ。デートに行く、わけじゃ、あるまいし」

「がんばって下さいね。あと三分ほどですから」

「さっきから、ちっとも、進んでねえぞ」

とかなんとか言っているうちに、崖の麓だ。

「ほぅら、あそこ。ありましたよ。ピヤータ」とアルマジロが厳かに告げた。

目を凝らすと、それはそこに月の光を浴びて、深紅の可憐な花を咲かせていた。まさしく切り立った崖の中腹だ。そして目についたのは、それ一つだけ。男は思わず及び腰になる。

「もっと、取りやすいとこには、ないのかな」

「決まって、あんなとこにしか咲かないんですよ。孤独が好きらしいですからね」

「ほう。孤独か。じゃ、とにかくあれを取るっきゃないわけか」

「ええ、そう」

「だけど、おれは、こんなに酔っちまってる」

アルマジロはうなずいた。

「だから、取りには、行けないな」と男は続けた。

「そうですね」アルマジロはため息をついた。「だから言っといたのに。それじゃ、今夜は帰りましょうか」

「そこでだ、頼みが、あるんだけどさ」

「何ですか」

「おれ以外に、取りに行ける者は、ないかな」

アルマジロはびっくりしたようにあたりを見回してみて、

「いないようですね」

ふざけてるんだろうか、このアルマジロときたら。ひっく。

「きみ、だよ」男はきっぱりと言った。「きみが、おれの代りに、行くんだよ」

「そりゃ無理ってもんです」アルマジロはきっぱりと断った。

「どうしてさ」

「あなたはもちろん恩人だ。お役に立てるなら、行きますよ。焚き火の中だって川の底だって。だけどピヤータは、霊酒を作りたい本人が、自分で取りに行かなくちゃだめなんです」

「どう、なるんだい。もしきみが、取りにいったら」

「みるみる枯れちゃう。なんせ、摘んでから三つ数えるうちに、壜の中に入れなくちゃならないんですから」

「信じられんな」

「ご勝手に」

が、ここで機会を逃したらおしまいだ。ここは自力でやってみるとするか。なにしろ花は一つだけ。ムダにするわけにはいかない。

「わかったよ。おれが、行く」男は景気づけにもう一杯やってから、壜に蓋をし、サファリジャケットのポケットに突っ込むと、崖に手をかけた。

距離はたいしてない。が、傾斜は急だ。六〇、いや七〇度はある。カタツムリみたいに登ることにしよう。

右足の爪先を窪みに突っ込み、左手を伸ばして別のとっかかりを探し、といったぐあいに小半時。ボルダリングなんか生まれて初めてときた。もう目と鼻の先というところになって、男は完全に後悔していた。これほど後悔したのは、一〇カラットのルビーを贈ったばかりの恋人に逃げられたとき以来のことだ。そろそろと足元に目を落とすと、はるか地の底にゴマ粒ほどのアルマジロが、心配げに（かどうか、よくは見えないが）男のほうを見上げている。

壜の蓋を開けて摘んだ花を入れるには、どうしたって両手を使わなくちゃならない。ところがそうなるとだ、今登ってきたところをまっさかさま、ということになりかねない。けれどああ、この深いルージュのサボテンの花ときたら、やたら蠱惑的なのだ。目も眩む思い、ってやつ。あんな不細工なもっさりした本体から、不意に天空の蝶々みたいなやつが咲き出てくるとは。

酔いの醒めかけた頭でもって、このジレンマにたっぷり三分ほど悩んだあとで、男は決断を下した。まず酒を残らず飲んでしまい、壜を捨てる。それから、すかさず花を摘んで口に入れる。どっちみち胃袋で一緒になるんだから、おんなじことだ。すると、おれの体の中で花は酒に溶け込み、奇跡が起こるって寸法。

酒をすっかり流し込むと、胃の腑は火事場同然になった。男は震える右手を伸ばして花を摘み取り、電光石火で口に押し込んだ。むしゃむしゃやるのももどかしく、ひと息に飲み下した。

これにて一件落着。いったいどんなことが起こるのか、胸が高鳴る。狭心症かっていうくらい動悸がする。だけどよ、と男はぼんやりと思いめぐらす。考えてみれば、アルマジロに連れられた酔っ払いが一人、夜更けの岩場で花を食ってるなんて、じつにシュールかつおバカな状況ではある。しかも、ガールフレンドに見捨てられてだ。男はくすくす笑いをこぼした。

笑いはとうとう、壊れた蛇口からの水みたいに止まらなくなった。横隔膜に痙攣を起こしたまま、のろのろと崖を這い降りる。擦り傷だらけになりながら、どうにかこうにか地べたに降り立った。

「これがほんとの、酔狂ってやつですね」生まれて初めて洒落を言ったみたいに嬉しげに、アルマジロもくつくつ笑うのだった。「とにかくこれで晴れて、あなたもぼくらの仲間入りってことです」

「ふぅ。何のことだい」

気がつけば、男の目線は相手とおんなじ高さにあるのだった。体はといえば、鎧（よろい）の中に入ってるみたいに窮屈だ。首がこころもち寸詰まりになったような気もする。

自分が完全にアルマジロになっているのを認識して、男は身じろぎもできない。

「羽は生えなかったでしょ」とアルマジロ。

「羽の代りに、こんながちがちの装甲……」

「アルマジロになる機が熟していた、ってことです」と相手は落ち着き払って述べた。

男は観念した。まったくのところ、諦めというのはアルマジロ一族のさがなのだ。男はいくぶん悲しげな顔つきで、つぶやきを洩らした。

「そういうことだったのか。ひと足早い転生ってことか」

「ってとこです」

「きみはつまりは――」と言いかけるのを相手は引き取って、

「インストラクターです。アルマジロになるのを手引きする」

「つまり、つまり、おれはよっぽど間抜けだったたってわけだ」

「わたしだって、そうでした」と相手はちっとも悪びれずに、相槌（あいづち）を打った。

「今度は」男は深々とため息をついた。「アルマジロにいたぶられてるトカゲを見ても、ほっとくことにするよ。トカゲになるのはぞっとしないからなぁ」

「じつはわたしも、そうしてるんです」と相手はますます泰然と同意するのだった。

休暇が突然明けたみたいに、酔いはすっかり吹っ飛んでいる。男は尻尾を動かしてみた。ミミズっぽい、短めの尻尾はややぎこちなく地べたを掃いた。小さい砂埃が立った。砂埃は何となしに、懐かしい匂いがする。なるほどね。これはもう、運命を受け入れるほかない。アルマジロ生活を送っていく以外になさそうだ。

「で、聞くけどさ」男は訊ねた。「こんなことして、きみには何かいいことでもあるのかい」

「ありませんね」相手は首を振った。「だけど仲間ってものは、うんとこさいたほうが、心強いでしょ。何かにつけて」

「あのさ」男は再び訊ねる。「もし酒を飲まないでやってきてたら、どうなってたろうか」

「そうですねぇ。もっとちゃきちゃきと岩場にたどり着いて、もっと早くアルマジロになってたかもしれませんね」

男はしばし、いかにもなりたてほやほやのアルマジロっぽく口をつぐむ。

「納得、しました？」

「するほかないもんなぁ」

「じゃ、行きましょうか。いいアリ塚の探し方、教えたげますから」

ぼそぼそと話をかわしながら、月光に影を落とした二匹のアルマジロは、ゆっくりと岩場から遠ざかっていった。こんなふうにして一〇年に一度、月夜の晩に、もと酔狂な男である新しいアルマジロが、この世に生まれる。生まれたばかりのアルマジロがどうしてしばしば、赤ん坊とは思えないほど分別くさい顔をしているのか、という疑問は長いこと動物学者たちを悩ませてきたが、そこにはこんな事情があるのだ。


（終）

象屋敷にて

途方もなくだだっ広い、がらんとした屋敷でした。ときおり風が、思い出したようにのろのろとそばを吹き過ぎていきます。迷子になったわたしは、その中を、行き当たりばったりに歩き回っていたのです。

柱の陰から影へとへめぐるうちに、屋敷と思っていたのが、円柱のようにまっすぐな樹々を一定の間隔で並べただけのものと気がつきました。その幹のなめらかな手触りは、てっぺんにしか枝を出さない奇妙な樹、バオバブのものでした。

いつか、建物の奥深くへと入り込んでしまったようです。空気は水底にでもいるようにひんやりしていて、物音一つしません。けれど、何か大きなものの気配を、わたしはずっと感じていました。まるで、誰かに一部始終を見られているような感覚です。

わたしはやがて、太い、けれどひそやかな息遣いを耳にして、歩きやめました。体じゅうの神経がさっと起き上がるような思いでした。耳を澄ますまでもなく、息の主は間近です。どういうわけか、砂鉄がいやおうなく磁石に引き寄せられるようなぐあいに、わたしはそちらに足を向けていました。

そこに、小山のような象が横たわっていました。象はバオバブの柱越しに、こちらに目をくれたのです。わたしは金縛りにあったように、その場に立ちすくみました。無数の皺のあいだに埋まっている深紅の目が、わたしを凝然と見つめていました。象の牙といったら、たわんだ電信柱なみの太さですが、片方しかありませんでした。それも上から下までひどく傷ついているのに気づきました。

きみはだれか、と象は低い、くぐもった声で訊ねました。あたりを囲う柱に跳ね返った象の声は上に昇り、やがて見えない空へと抜けていきます。

わたしは身じろぎもできないまま、相手を見上げ、自分は旅人だと答えました。そして、この不思議な場所から外へ出ていく道を示してくれればすぐにも出ていく、と告げました。落ち着くよう自分に言い聞かせながら。

象は、いっとき口をつぐんでいました。わたしの言葉を、その巨大な鉛灰色の頭の中で転がしているようです。やがて相手は口を開きました。

承知した。きみを信じよう。もっと近くに寄るがいい。

象はけだるそうに身を横たえたまま、宙をまさぐるようにして鼻を伸ばし、おずおずと前に進み出たわたしの頭や肩に触れました。わたしは初めて、象の鼻先というのが、人間の指先と同じほど柔らかなことを知りました。

ちゃんと栄養を摂った方がいい、と象は忠告してくれました。きみは背丈の割りに、ずいぶんと痩せているな。

その一言で、何か呪文が解けたようにほっとしたのです。象の右目は、わたしの目の高さの少々上にあります。わたしは爪先立って、瞬き一つしないその目を覗き込んでみました。それは赤く光る石くれでした。息を呑んだわたしの気配を察してか、象はこう口にしました。

これかね。この目は、インドリ猿が気の毒がって嵌めてくれたのだ。自分たちの祖先に伝わる紅瑪瑙を。

象は消えることのない燠火のような目をわたしのほうに向けたまま、ゆっくりと語りだしました。

ウバンギ河のほとりに、世界一大きな象が暮らしていました。うっかりすると他の仲間たちを前足で転がしてしまうほどだったので、いつも一人きりで過ごしていました。仲間を傷つけるのは本意ではありません。

どんよりと鼠色の雲の垂れ込めたある朝、一〇人ばかりの一団が象のもとを訪ねてきました。遠いところからはるばるやってきたのだ、とサファリジャケット姿の彼らは言いました。それから、象の知らない世界のさまざまな話を聞かせたのです。絶対貧困だの泥沼内戦だのパンデミックだの、悲しく憂鬱な、気の滅入る話ばかりを。象はじっと話に聞き入っていました。男たちはしまいに、象牙が一本あれば、そうした世界の半分が幸せを取り戻せる、と説きました。

象牙は一人前の象の誇りで、身を守る武器でもあります。けれど、自分の牙と世界の半分と、どちらが重たいと思うか、と問いかけられて、象の心はじき決まりました。

発電機とチェーンソーを使ってとはいえ、たっぷり小半時もかかって、右の象牙が切り落とされました。地響きを立てて大地に転がった象牙を、男たちは総がかりでひきずっていきました。象の頭は少し、左側に傾きました。象はかしぐ頭を支え支え、一団を見送りましたが、彼らは一度も振り返ることはありませんでした。やがて開けた場所まで出ると、待機していたトレーラーに象牙は積み込まれ、運ばれていったのです。

象牙からは無数の彫り物や高価なアクセサリーが生まれたという噂を、おしゃべり好きのモモイロペリカンの一群が運んできました。格別のものということで一つ一つにプレミアム番号が刻まれ、オークションにかけられ、お金持ちたちがこぞって買い込んだということでした。そして、それっきりだったと。

象は河べりに立って、自分の姿を水に映してみました。片方だけの象牙のみっともなさ。象は思わず目をつぶって、考え込みました。そして、何十本かのバオバブの樹を使って、どうにかこうにかささやかな隠遁（いんとん）の住処をこしらえたのです。誰にもこの姿が目に留まらないように。食物は、事情を知ったインドリ猿たちが運んできてくれました。象は昔彼らを、瘴気（しょうき）で気の触れてしまった豹の襲撃から守ってやったことがあるのでした。

けれど、その場所を嗅ぎつけた男たちの一団が、再びやってきたのです。彼らは手土産にと、熟れたバナナをひと房、携えてきていました。礼儀正しく受け取ったバナナを食べる象に、男たちは言うのでした。一本ではまだ十分ではなかった。残った象牙があれば、今度こそ世界中が幸せになる、と。

自分の象牙がそんな力を秘めているとは、とても信じられません。金持ちだけが楽しんだという噂話を聞いたのだが、と象は控えめに切り出しました。すると相手の一人が軽く咳払いしてから、こう説明するのでした。経済学の初歩だがね、トリクルダウン効果というものがある。金持ちが貴重なものにどしどし金を出せば、その金が市場に回っていって、やがて誰もが豊かに、幸せになる成り行きだ、と。もう一本がそれを加速してくれるだろう、と。

　これはどうにも象の腑に落ちる話ではありませんでした。象は、今度はきっぱりと断りました。男たちはそれでも、何かを待ち受けているふうになかなか引き上げていきません。まもなく、象の視界がおぼろになってきました。脚もマラリアにかかったように痙攣し始めます。バナナに毒が仕込まれていたのでした。

　戦いが始まりました。稲妻に打たれるように痛む目は固く閉じたまま、象は震える脚を踏んばり、片方だけの牙で勇敢に戦いました。男たちの持っていたライフルが火を噴きましたが、撃ち込まれた弾はトレーラーのタイヤ並みに分厚い皮膚のおかげで、深みに届く手前で食い止められました。象はとうとう、男たちを残らず追い払いました。

　けれど象は盲（めし）い、とうとう体を支えきれなくなったのです。象は鳥たちに頼んで、バオバブの樹の種をありったけ、集めてきてもらいました。それらはまんべんなく、バオバブの柱の間に播かれました。歳月と降り注ぐ日の光が、いつかバオバブ林の迷宮をかたちづくったのです。樹々はやがて、象自身をすっかり呑み込んでしまうことでしょう。

これが、象屋敷で象の語ってくれた物語です。
象はたぶん今もそこにいて、遠い世界から届いてくる、かすかな物音に聞き入っているはずです。

（終）

不死鳥はこう語った

「おれに限界なんかねえ」と不死鳥は語った。「いっさいがっさいが起こるんだ。いつかはな」

羽は納戸にしまいっぱなしの剥製のそれみたいにところどころ抜け落ち、嘴のふちはささくれ立っている。ひきずるほど長い朱色——というよりはくすんだ臙脂色——の尾はクリスマス飾りさながらに綿埃をまとっていて、長いこと飛んでいないことが見て取れる。

「何でも起こるってやっばーい」と女の子は目を丸くする。「でも何でわかるの？」

「教えてやろう。おれはいつまでも生きるからだ」

「よくわかんない」

「永久に生きてりゃ、何かもかもが組み合わされていくんだ。順繰りにな。つまりは、可能性が無限てやつだ」

「まだわかんないし」

「ふふん。噛んで含めるようにして、一〇〇億回でも教えてやるさ。……おっと、おまえさんの手持ち時間はそんなになかったな」

女の子は話題を変える。

「不死鳥って五〇〇年おきに焼け死んで、それからまた生き返るって。テヅカオサムが描いてた」

「ああ。そりゃ下級のやつらよ」不死鳥はちょっと背筋を伸ばす。「中級もいるしな。五〇〇〇年おきってやつな。だけどこのおれときたら最上級だ。いっぺんも死んだりしねえんだよ、最後まで」

「最後って？」と相手の鋭いツッコミ。

「おっとと、言い間違いだ。最後なんてねえわ」

「それってすごいけど……ちょっと退屈？」と女の子が首をかしげる。

「まあな」不死鳥は鼻白んだ顔になる。「そりゃあ、目的ってものがねえしよ」

「目的？　自分を向上させる、みたいな？」

「ふふん。まあな」

「じゃあ磨けばいいのに」

「何をだよ」

「高く飛ぶ力とか。何でも」

「永久に向上しろってか」と肩をすくめる不死鳥。「やってられねえわ」

「どんどん昇っていけば、景色も変わるってだれか言ってた。名言ぽくない？」

「あのなあ。どうせいつかはむちゃくちゃな高さも飛ぶことになるんだ。がんばろうががんばるまいがな」

「どうして？」と女の子は目を丸くする。

「だからよ、何でも起こることになってるからだ。ぼやぼやしてるうちにな」

「やっぱりわかんないってば」

「起こらねえことなんか何ひとつねえんだ。永久のうちには」と不死鳥はしゃがれ声で言う。

「あたしは上に行きたいな。生きてるかぎり」

「ほうらな」と相手は腹立たしげに嘴をとがらした。「せいぜい死ぬまででいいんだろ。ちゃんとキリってものがあるんだ。だがおれにはねえ。しゃかりきで上を目指すったって、果てがねえんだ」

「ね、飛ぶとこ見たいな」と女の子はまたまた話題を変える。

不死鳥はふと顔をしかめる。

「どうしたの」

「脇腹がしくしくいってな」

「また弁解するんだから」となれなれしくなる女の子。

「弁解じゃねえ。神経痛持ちなんだ。おじょうちゃんにはわかるまいがな、この心底滅入ってくるような痛み。羽ばたくとそれが倍化しやがる」

「不死鳥だのに？」

「不死鳥だって歳はとるんだ。じわりじわりとな。でもおしまいにはならねえ。漸近線って知ってるか？」

女の子は首を横に振る。

「グラフの線がX軸だかY軸だかにじわじわ近づいていくやつよ。だけどどこまで行ってもぴたりとくっつくことはねえ。いつまでもな」

「ふぅん。なんかたいへんみたいね。なんとなく」

「まあ、踊りたくなるってわけにゃいかねえな」と、不死鳥はわずかに肩を落とす。

「でも、いきなり死んじゃうんでしょ。あたしの場合は」と女の子は不意に言い出す。

「まあな」

「それもやだなぁ。心残りありそう」

「途中で死んじまうってことは」不死鳥が追いうちをかける。「つまりは、可能性がぶった切られるってことだな」

「もっとやりたいことがあってもね」

「ああ。おおかた決まって最後にそう思うんだ。納得ずくでくたばるやつは少ねえさ。欲張り連中めが」

「あたし、死にたくない」と女の子はぼやく。

「そうかい。おれは死にてえよ」と不死鳥はつぶやく。

「あーあ」

「おれには限界はねえんだよ」と不死鳥は自分に言い聞かせるように口にし、それからひどく咳き込んだ。

（終）

アニマル・ピクニック

「そういえばライオンくん、リュックサック持ってないね」と、アルマジロが訊ねます。

「重たいのは、苦手なんだ」とライオンはかったるそうに言いました。

「じゃ、あの、お弁当は？」とツチブタはおずおずと聞いてみました。

「だいじょうぶ。腹いっぱい、食べてきたから」

でもこの返事は、あまりツチブタを安心させませんでした。だって、ライオンはツチブタを一〇〇匹合わせてもまだ足りないほどのからだをしているのです。じきおなかがすいてくるに決まっています。ツチブタは、にわか雨が降ればいいのに、と思い始めました。そうなればこのピクニックはきっと、おしまいになるからです。それだのに、空はからりと晴れわたっています。探してみても、雲の影ひとつ見あたりません。そうしてみんなで見晴らしのいい草原を、一列になって歩いていたのですが、やがて灌木（かんぼく）があちこちに生えているところにやってきました。と、一同はいっせいに立ち止まりました。

行く手に高々と立ちはだかっていたのは、キリンの群れでした。イバラみたいにとげとげしい目をこちらに向けています。ライオンと目が合ったとたん、一頭が足をライオンの頭の高さほどに持ち上げて、踏み下ろしました。わかりやすい威嚇。土ぼこりが小さい竜巻になって舞い上がりました。

「なんかやばいね」とハリネズミ。「機嫌わるいみたい」

「進路変更する？」とアルマジロ。

「だよね」とツチブタ。

腹を立てたキリンほどこわいものはありません。ライオンだろうがハイエナだろうがヒョウだろうが、どかんどかん蹴散らしてしまうのです。ライオンはひげをひくひくさせたきり。

「どうする？　ライオンくん」

「ま、引きずり倒してもいいんだが」生あくびをしながらライオンが言いました。「今日は気分が乗らん」

「ピクニック日和だものね」とツチブタがフォローします。

「それじゃさ」とアルマジロ。「右側と左側、どっちに行く？」

「左に決まってるよ、左」とハリネズミ。

「えー。灌木だらけだけど」

たしかに左手には、背の低い灌木があちこちに散らばっています。反対に、右手はがらんと開けているのですが。

「それじゃ聞くけど、右がいいわけ？」とハリネズミ。

そう言われると、アルマジロもツチブタもうまく答えられません。だって、ただぼうっと歩いてきただけなんですから。

「ほぅらね」強情っぱりなハリネズミは、言い張るのでした。「だから、この灌木の茂みの間を進まないとだめだって」

「道に迷わんだろうな」とライオン。

「ぼく、得意なんだ。場所的に」

確かにハリネズミなら、せせこましいところに入っていくのはうってつけです。けれどライオンは、まぶしく輝く黄金のたてがみをゆさゆさと波立たせました。

「だけどおれは、茂みの間を行くの、気に食わんな。たてがみが引っかかっちまう」

「ほんとにだいじょうぶ?」と心配げなツチブタ。

「ぜったいさ」と請けあうハリネズミ。「すごくだいじょうぶって気がするんだから」

キリンたちは相変わらず、ひりひりするような視線を送ってきています。

「しょうがないな」とライオンはだんだんいらいらしてきた様子。「それになんだか、腹もへってきた」

「じゃあ、出発ってことで」とアルマジロ。

ライオンが進路について妥協すると、みんな食べ物のことには触れないようにして、お葬式の列みたいに黙々と進んで行きました。茂みはやっぱりだんだんと密になってきて、ライオンが洞を吹き抜ける大風なみの声でうなりだしたので、ツチブタの耳は痙攣するみたいにひくつきました。

「あの」とツチブタは思いきって言いました。「ちょっと、用事を思い出したんだけど。帰っちゃだめだよね？」

「ちょっとだ？」とライオン。

「ええ。まあ」

「ちょっとなら、ピクニックがすんでからにしな」とライオンは不機嫌そうに言いました。

「やっぱり」

「それにしても、なんかひと口、食べたい気分だ」とライオンはつぶやきます。みんな聞こえないふりをしたのですが。

しばらく進んでみたものの、重苦しい沈黙の中で、ハリネズミがとうとう口にしました。

「ぼくは痛いよ、ライオンくん。言っとくけど」

ライオンはひげをちょっと動かしたきり、何も答えません。

「ぼくは硬いよ、ライオンくん。いちおう、念のためだけど」とアルマジロもつけたしました。

ライオンはやっぱり、黙っています。

ツチブタは何と言っていいのかわからなくて、仕方なしに、

「大好きだよ、ライオンくん」と言いました。するとライオンはすぐに、

「ああ。おれもさ」と返事をくれたのです。

ツチブタはすっかり気分が明るくなり、茂みをかき分け、どんどん先に立っていきました。

はっと気がつくと、ツチブタはひとりでずいぶん進んでしまっていました。ライオンの息づか

いも聞こえなくなっていました。そこであわてて戻ってみると、ハリネズミの姿が見えません。

「あれ。ハリネズミくんは？」

「ライ……」と小さい声で言いかけたアルマジロの耳元で、ライオンのしっぽがひゅん！とムチみたいに鳴りました。

「あいつ、迷子になっちまったみたいだ」とライオンが低い声で説明しました。「勝手にあちこち行くもんだから」

けれどライオンの口のまわりに、トゲみたいなものが何本か刺さっているのを、ツチブタは見逃しませんでした。

しばらくすると、ライオンがツチブタに、さっきみたいに先に行くよう言いました。ライオンはさらに茂みが深くなってきたことで、いっそういらいらが募っている雰囲気でした。

「またちょっと、先の様子を見て来てくれ」

「え」

ライオンはやさしい声でもって、

「おまえがうんと先に行って、何か危ないものがないかどうか、調べるんだ。おれの図体だと調べにくいからな」

（危ないものっていったら、ライオンくんしか……）とツチブタは思ったのですが、「お役に立つなら」とおとなしく答えました。そして、とことこと先に立ちました。まもなく、振り返ってもライオンの姿が見えなくなったので、どきどきしながら思案しました。

（ここで逃げ出しちゃう？）

でもそうして立ち止まっているうち、ライオンが後ろからやってくるのが見えました。でも、ライオンのそばを歩いていたはずのアルマジロくんは見当たらないのです。

「あの。アルマジロくんは……」

「うん。あいつも一人でどっかに行っちゃったな」とライオン。「きっとでっかい蟻塚でも見つけたんだろ」

けれどツチブタは、ライオンのお腹の一部が膨れているのを見てしまいました。ぽっこりと、ヘルメットみたいに。そしてライオンは心なしか、さっきよりも穏やかな雰囲気になっているのでした。

それにしても、いったいぜんたいなんでまたこんなピクニックが始まってしまったのか、ツチブタにはさっぱり思い出せないのです。だれかが言い出したわけでもないのに、気がついたらみんなで歩いていただけで。

「あの。これからもずっと、よろしくね」ツチブタはせいいっぱい明るい声を出しました。「ライオンくんのこと、大好きだから」

「ああ。もちろんさ。おれも大好き」

「あの……どれくらい？」

「食べちまいたいくらい」とライオンは請けあい、そしてこうつけ足しました。「だから、最後まで取っとくんだ」

（おしまい）

ジャングリラ

頭上の太枝にたたずんでいたのは、ジャガーだ。

「おい。なんでおめえがこんなとこにいるんだ」とジャガーはかったるそうに頭上から呼びかける。

「知らないよ」アルマジロが振り仰ぎながら、用心しいしい答える。「どこにいたらいいか、わからないんだから」

「なら教えてやるけどな、サバンナだ、サバンナ。灌木のそばあたりで土埃にまみれてるこったな。こんなまったりと湿ったジャングルじゃなくてよ」

アルマジロはジャガーのアドバイスなんか聞こえなかったふうに、とことこと歩み出す。

「どこへ行くんだよ、おい」

「どこか、すてきないいとこ」とアルマジロは怯えた声を出す。

「知らんのか。奥に行きゃあ行くほど、すてきどころか見晴らしは悪くなるいっぽうだ。草の蔓にがんじがらめになるのがオチだぜ」

「そうかな」

「そうだって。俺はよく知ってるさ。このへんは」

「その奥のもっと奥のうんとこさ奥なら、ぱっと開けてるかも」アルマジロは口ごもりながら説明を試みる。「そんなこと、ちょっと噂で聞いたんだけど」

するとジャガーは、おもむろに提案するのだ。

「奥のまた奥だ？　ふん。なるほどな。じゃあそこへ案内してやるとするか。それ以上先に進めねえような奥へな」

「え？」

「正確には、おれの腹ん中よ」

と言うなりジャガーは音もなく飛び降りると、アルマジロに襲いかかる。けれど、相手はとっさにからだを丸めたので、甲に爪を立てても傷跡一つつくことなく、爪は滑るばかり。

「根比べってことだな、おい」

「いやになっちゃう」とアルマジロはくぐもった呻き声をあげる。「いつもこうなるんだから」

あたりはいっとき、死んだように静まり返る。腹を空かしたジャガーが別の獲物を探しに腰を上げるのが先か、じれたアルマジロが巻きをほどくのが先か、持久戦の気配。

「……と思ったが、やっぱやめた。おめえみたいなのにかまってちゃコスパ悪すぎだわ。とっと行きな」

飽きっぽいジャガーからいち早く解放されたアルマジロは、奥へ奥へと進んで行く。ますます密にうらうらと生い茂るシダや蔓草が、前進を阻む。それを乗り越え、かいくぐり、前進あるのみ。どんづまりまで進みに進んで、すてきなものに行き当たるのを期待して。

湿度はどんどん増して、しまいにはべとべとの湿地帯になった。甲羅がまだらに泥まみれで、まったくいやになる。

と、そこで鉢合せしたのがアナコンダ。すぐさまぐるぐる巻きにされてしまうが、いつまでたっても球のままなので、ヘビはあきらめる。呑み込むにはいかにも固そうだし。

こんなぐあいで、いやに意地っ張りのアルマジロはひたすら進んでいく。まるで何かにとりつかれたみたいに。やがて背中がすっかり傷だらけになり、お腹がえぐられたようにへこんでしまったとき、鬱蒼としたジャングルがぽっかりと開ける。アルマジロは乾いた泥のついたかぎづめでもって、目のあたりを拭う。

「ほうらね」

そこに、輝いていたのは、こぢんまりとしたお店だった。そう、アルマジロ専用コンビニのジャングリラ店。アルマジロは自動ドアの前へ。

うぃん。いらっしゃいませー。

こんちは。やっと着いたよ。約束の地、なんてね。ええっと、まず、クロアリペーストたっぷりトッピングした、ココアくんない？　ひと息入れないと。ふう。っていうか、店長どこ？　あ、カウンターの照明にぶらさがってる。ははん。ナマケモノ店長ね。だけど店長もたいへんだよね、こんなとこでさ。バイトはいないの？　すぐやめちゃう。そっか。え？　ぼく？　ぼくがバイトってね。

ええと、時給は？　アカアリ一〇ぴき。うんうん、悪くはないよね。……でも夜中に強盗とか来たらやだなぁ。丸まって知らんぷりしてればいいって？　そっか。いいかも。あの、ひょっとして、制服ってあるのかな。ない？　やっぱり。でもトートバッグを逆さにして使えば、って？あ、なるほど。トートバッグを背中にかぶって、把手のとこを手足に引っかけたら、と。ちなみに色あいは？　レモンイエロー、と。あ、壁にかかってるそれね。なんか色あせてるけど。まぶしい黄色だったでしょ、もとは？　でもま、いっか。どきどきするな、制服着るって。うんうん、いいかも。じゃ、よろしくってことで。ところで、ぼくのココア、まだなんだよね？　あ、これから降りるって。あっそ。

（了）

オオアリクイの唯一の敵

はっきり言って、オオアリクイはまずい。

ヒメアリクイなら、よっぽど腹が減ったときにはまあ、食えないことはない。コアリクイだともう少しひどくて、まるで古雑巾みたいな味わいだ。ところがオオアリクイになると――え？　オオアリクイだって？　あんなもん食うくらいなら、サボテンでもかじってたほうがましだな。口んなかはちくちくしたってさ。（コヨーテ・談）

あるいはまた、

オオアリクイかぁ……（しかめ面になって）、飢え死にするかオオアリクイを食うか、って言われたら、ちょっと迷うよ、こいつは。（タテガミオオカミ・談）

さらに、

ええっ！（あたりの仲間に確かめるように）オオアリクイって、食えるのかい？（オオヤマネコ・談）

エトセトラ。

したがって、誰ひとり取って食おうなんて了見を起こさないオオアリクイのたったひとつの敵は、夢だった。毎晩毎晩やってきては、オオアリクイのからだじゅうの毛を逆立てさせてしまうその夢というのは、こんなやつだ。

オオアリクイはとてつもなくだだっ広い、しんしんと冷たい地の上に、たったひとり、立ちすくんでいる。蟻塚なんて、影もかたちもありはしない（なにしろオオアリクイは慎ましくも、蟻だけを食べて暮らしているのだ）。おまけに、その剛い灰色の毛のあいだから忍びこんでくる、しびれるような寒さといったら。

オオアリクイは仕方なしに、かぎづめの先っぽを口に入れてみる。いつも、困ったときにするように。ところがまったく嫌になることに、かぎづめだって舌がかじかむくらい、冷えきっている。いい考えを浮かべるには役に立ちそうにない。途方にくれたオオアリクイは、その羽箒みたいな尻尾をからだに巻きつけて、暖を取ろうと試みる。けれど全身をくるむには、尻尾じゃ間に合わないのだ。かぎづめも食い込めないほど硬い、純白の地べたの上で、自分の尻尾の中にすっかり入り込んでしまおうとでもいうみたいに、オオアリクイは尻尾を追いかけて、ひとりきりの輪舞を始める……

……このおそろしく脅かす夢から覚めたオオアリクイをひっそりと囲んでいるのは、いつもどおり、蒸れ返るような土の匂いに満ちた、緑、緑、緑の屏風。

（ああ、夢でよかった）

オオアリクイは、幾重にも重なったつやつやする葉っぱの下で、胸を撫でおろすのだった。

ところが、ある晴れた日、災難が不意打ちを食らわす。ナツメヤシの葉っぱの下でまどろんでいたところを踏み込まれ、ぐるぐる巻きにされてしまったのだ。

われわれは密輸団だ、とやってきた髭面一同のひとりがあけすけに解説した。おまえが行くのは動物園てところだ。今までなんかより、ずっといい暮らしができるぞ。

逆さにぶら下げられて、男のよれた赤いTシャツの脇にあいた穴を見つめながら、オオアリクイはたずねてみる。これだけが気がかりだ。

あの、そこ、寒いとこなのかな。まっ白で、つるんとしてて、なんにもなくて。

まさか、と男は歩きながら請けあう。あったかくて、いろんなものが食えて、陽気な仲間だっているとこさ。

（それじゃよかった）オオアリクイは、とりあえず安堵する。（とにかく、なるようになるだろさ）ま、悪いようにはしねえ。おまえは保護獣なんだからな。

ホゴジューっていうと？

まあ、王様みたいなもんさ。

（だったら、王様ってものにはなりたくなかったたな）とオオアリクイは考える。（なにしろ、逆さ吊りで運ばれなくちゃならないんだから）

けれど、この感想を口に出しはしなかった。出したところで、待遇が劇的に改善されるとは思えなかったので。

男はこんなふうに念を押す。

おとなしくしてろよ。じっと身動きしないでいりゃ、素敵な動物園に行ける。反対に、騒いだら口もきけねえひどい目にあうぞ。

で、オオアリクイはおとなしく頑丈な木箱におさまることになった。木箱の蓋には、こんな紙札が貼られた。

『オオアリクイのぬいぐるみ　メイド・イン・ブラジル』

箱の底の冷えびえした暗闇には、匂いもない。からだがゆっくりと上下して、気分が悪くなってくる。耳の中のつっぱりを直そうとして、しきりに唾を飲み込んでいると、あたりが揺れて、からだがぐっと傾いた。と思ったら、前につんのめって、チューブみたいに伸びた鼻先を、したたかぶつけた。目から星の砕片が飛び散った。オオアリクイは、鼻先を両手で抱えるようにして、うずくまった。息苦しい静けさが続く。もうこのまま永久に、日の目を見ることはないんじゃないか。

それにしても寒い。寒いなんてものじゃない。噂に聞く海の底っていったら、きっとこんなぐあいなんだろう。ここが海の底だと思い描きかけてみたオオアリクイは、それがまるで楽しくないことに気づいたので、頭を振って想像を追い払った。けれど、できるかぎり小さく丸めてみたからだに、いっこうに暖かみのさしてくる気配はない。

オオアリクイは低く唸ってみる。

返事なし。

次にかぎづめでもって、箱の壁を引っかいてみる。

応答なし。

最後に、思いきっての体当り。

何ひとつ起こらない。

おそろしさに尻尾をぎゅっと握られたオオアリクイは、三つをいっぺんにやってみた。唸り、引っかき、体当り。

と、
おや、騒がしいな、というくぐもった声。頭の上がぎしぎし軋み、箱が揺れた。蓋が外れて、光が射し込む。オオアリクイは鼻づらを上に向けたまま、ちっぽけな黒いガラス玉みたいな目をしばたたいた。

藍色の制服を着た男が、上から覗き込んでいる。ネクタイをしている。髭も濃いけれど、きちんと手入れしてある。精悍（せいかん）で、なおかつ楽観的な顔をした人物だ。

よくできてる、と男は呟いた。まさしく、実物そっくり。だが、どうしてぬいぐるみが物音を立てるんだ？

（これは、騒いだら乱暴をするタイプの人間だろうか）オオアリクイは思案した。（ちょっと、様子を見てみなくちゃ）

ところがそのとき、流れ込む冷気に鼻をくすぐられて、思わずくしゃみが。

いっときの、ふかい沈黙。

相手は眉を開くと、あきれたふうに声を洩らした。

きみ……ホンモノじゃないか。

オオアリクイはそれでも用心深く、オオアリクイのぬいぐるみのふりをして、口をつぐんでいた。

しばらくのあいだ、このぼんやりした大柄な動物を眺めていた男は、にわかに合点のいった顔になる。きれいに揃った白い歯が覗く。

なるほど。そういうことか。つかまってこっそり運ばれる途中だったんだな。

オオアリクイは思わず身じろぎし、うなだれて、曖昧に首を振る。脇腹のあたりがひきつれる感覚。

心配しないでいい。おとなしいオオアリクイくんよ。

きみも外を見てみるかい、せっかくだから。

(どうやら、痛い目に合わせたりしないみたいだ)

男はオオアリクイのからだの両脇に腕を差し入れて、箱の中から抱え上げた。

ここが、動物園？　とオオアリクイはたずねた。

いやいや、違う。まだはるか先さ、動物園はね。

右腕でもってこのふさふさした動物を抱えたまま、男は左手で鈍く光る銀色のドアノブを回した。

外だ。痛いほど鋭い光が交錯して、目を惑わす。見はるかす地平まで、何もかもが残酷なしろがね色に輝きわたっている。身を切る空気が胸になだれ込む。落っこちまいと空中で踏ん張る。

オオアリクイの目の前には今、あの繰り返し悩まされた夢の光景が、無辺大に広がっているのだった。

「七時のニュースです。今日午後、南極回りのブラジル航空DC8型旅客機が、エンジントラブルのため南極大陸に接する棚氷の上に不時着した模様です。無線連絡によりますと、乗員乗客は全員無事とのことで、現在、付近を航行中の砕氷船が救助に向かっています。またその際、貨物の中に南米産オオアリクイ一頭が含まれていることが判明しました。なお、密輸の途中だったと思われるこの動物は、国際保護獣に指定されており、捕獲が禁止されています」

（終）

〈『月刊MOE』収載〉

狩場にて

男は未だかつて獲物を仕留め損ねたことがなかったし、それをプライドにしてもいた。が、今回依頼されたのはひどく手ごわい相手という話。しかも手に入ったわずかな情報では、大喰らいの甘党だっていう。

甘党だ？

男は片頬をゆがめて一瞬だけ笑む。

「甘党だろうと辛党だろうと構わんさ。一〇〇頭のピットブルどもの波状攻撃に耐えられる獲物はいない。最後にはぼろぼろに咬み裂かれるだけだ」

男は犬どもの体に蜂蜜でも塗りたくって囮にすることを想定した。だが、気の違ったような大騒ぎになることは明らかだ。そこで、役立つかどうかはともかく、自分で砂糖の大袋を担いでいくことにした。これも仕事のうちで、男の美学には多少反するものの、準備万端、確実に仕留めるのが身上なのだ。

男は、気性の荒すぎる喧嘩屋ピットブルを猟犬にまで仕立て上げた腕前を、誇らしく思っていた。そしてまた、自身はいつ何どきでも敏捷に動けるよう、痩せて引き締まった体型を保っていた。体脂肪率三パーセント、というところか。束ねた長髪に、クールな殺し屋気取りの、濃いカーキ色のトレンチコート。

短めに切り詰められた尾を陽気に振りまくる犬の群れを引き連れた男は、盆地のふちにさしかかった。起伏に乏しい、見渡すかぎり白茶けたプレート状の地形だ。広々と開けた場所を通る際には、注意を怠れば命取りだ。けれど一目瞭然、プレートには何者かが潜むようなスペースなどありはしない。男と犬どもは一歩を踏み出し、おもむろに盆地の縦断を始めた。

行手の彼方、鈍色の雲が猛烈に湧き立っている。そこから、獣の牙めいた稲妻がちらちら走るのが見える。雲行きは怪しいが、ミッションは遂行あるのみ。

と、血気盛んなピットブルどもが出し抜けに吠え出す。男の制止を振り切って、一〇〇頭は一斉に雪崩を打ち、皿状の盆地の真ん中めがけて全力疾走を始める。犬の群れは猛スピードで遠ざかる。悲鳴に似た鳴き声だけがきれぎれに届いてくる。呼び戻しの鋭い犬笛の音も効き目なし。

引き離された男が汗だくになって——何しろ砂糖がとんだ荷厄介だ——追いついたと思ったら、そこに犬の姿はない。代りに、こんがりと揚がった無数のドーナツがくるくる回っている。……いや、茶色のピットブルどもが、狂ったようにめいめいの短い尻尾を追いかけているのだった。まさしく未経験の事態。呆然と眺めていると、じりじり頭上に迫り来る分厚い雲から、遠雷に似た轟きがこぼれてきた。その音は、含み笑いめいたものを思わせた。不穏な予感に、男は空を仰ぐ。

男は、自分の姿が砂糖添えのシナモンスティックそのものに見えることに気づかない。

（了）

ジーザス・クライスト・スーパーウエイト

巨漢〝ジーザス〟の体重は八〇〇ポンドをはるかに超えていたから、自力で歩くのもままならなかった。振り向こうとするだけで骨がきしみ立て、心臓がふいごめいた音を立てて血液を押し出す。座るのはもちろん、仰向けに眠ることさえも命を奪いかねないはず。腹側の脂肪のマットレスが、拷問のように心臓を圧迫するだろうから。従って、〝ジーザス〟は一日の大部分を、負担の少ない水槽の中で過ごした。およそ威厳のある格好には見えないので、その姿は光を透さないカーテンで四六時中さえぎられることになった。もとより教会の一角にあるその居場所さえもが秘匿されていて、世話係の寺男を始めとする関係者すべてに、関連情報の守秘義務が課された。

〝ジーザス〟は、象用かというサイズの特注リヤカーに乗せられて移動した。選り抜きの屈強な信者四人が、これを牽(ひ)く特権を与えられた。めくるめく豪華な金襴(きんらん)の衣装をまとった司祭とその助手たちを従え、きらびやかに飾り立てられたリヤカーはしずしずと大通りを進む。すると、磁石が砂鉄を引き寄せるようにして人々が群がり始め、じき通りは人の波で埋め尽くされることになる。

乱痴気騒ぎの果ての謝肉祭最終日マルディ・グラ（Mardi Gras）には、蠅の大群さながらに集った民衆に、〝ジーザス〟の肉体の一部が文字通り分け与えられる。いたって寡黙な〝ジーザス〟に代り、傍らを悠然と歩む司祭が、『詩篇（81）』に倣った祝福の口上を述べる。

「あなた方の口を大きく開けよ。それは満たされよう」

完璧に研ぎ澄ました——さもないと〝ジーザス〟に無用な苦痛をもたらすので——包丁を手に手に、町の肉屋のあるじたちが率先してこの神々しい作業に当たった。裸の〝ジーザス〟は肩や臀部の肉片がひと切れずつ切り取られるごとに苦しげに身をよじり、信者たちは〝ジーザス〟の苦痛をわずかでも癒そうと声高に祈りの言葉を捧げるのだった。感極まって泣き喚(わめ)く者もいれば、リヤカーそばの地べたに跪(ひざまず)いたまま微動だにしなくなる恍惚(こうこつ)の者もいた。先を争って〝ジーザス〟に触れようとする者たちの間には、しばしば流血を伴う乱闘さえ起こった。失われかけていた熱烈な信仰が、ここに甦(よみがえ)る。

贖罪(しょくざい)の肉片を押し戴(いただ)いた人々は一刻も早く調理しようと混沌の群れを離れ、家路を急ぐ。それでも〝ジーザス〟を中心とした一群は一向に小さくなってはいかない。一行の赴くところ、つねに絶叫や怒号や祈禱に彩られた興奮が渦を巻き、それが長く尾を引いて流れていくのだった。

身を削られるという苦行の果て、ついに文字通り骨と皮になった〝ジーザス〟は失神し、巨大なリヤカーの真ん中に横たわることになる。号泣の涙の跡が頬にくっきりとついている。四人のリヤカー牽きは口を噤(つぐ)んだまま、ほとんど空っぽの軽さとなったリヤカーをしずしずと牽き、聖教会まで戻っていく。同時に謝肉祭の熱気は夢まぼろしのように消え失せ、がらんとした通りに残された夥しいゴミだけが、つむじ風に巻き上げられる。

教会に運び込まれた気を失ったままの〝ジーザス〟は丁寧に白布でくるまれ、しめやかに培養液の水槽に沈められる。翌年の早春、見事に再生した肉体が水槽から水を溢れさせるその時まで。こうして〝ジーザス〟は幾度となく甦っては、人々に祝福を与え恵みをもたらし続けるのだ。

（了）

注）〝ジーザス〟はバチカンとバイオ系ベンチャー企業の極秘共同開発した、ヒューマンサイズのメガ・プラナリア。著しく強力な再生力を持つ。髪と髭のアタッチメントにより姿形がイエス・キリストに酷似する。

あとまわし

立ちはだかる門番グリズリーのそばを通って、開いたとびらの中へとみんな吸い込まれていきます。キリンでも覗き込めない高さの塀に阻まれて、中の様子をうかがうことはできません。

（えーと、ここだな）とアルマジロは首を曲げて、そびえ立つ真っ赤に塗られた門を見上げました。ところが進みかけたとたんに、門番のいかめしい声が降ってくるのです。

「おまえはあとだ」

「え。どうして」

門番はこの丸っこい動物をじろじろ見下ろしながら、

「ちっぽけすぎるからだ」

けれど、門をくぐっていくのはゾウやカバばかりじゃありません。モモンガやリスなんかもくぐっているのです。

「リスくんだって、ちっぽけだのに」とアルマジロは抗議しました。ところが門番は冷ややかに、こう答えるのでした。

「彼は、立派なしっぽを持ってる」

「ぼくだって持ってる」と口をとがらすアルマジロ。念のため、おしりのほうを振り返ってみます。細くて短めだけれど、ちゃんとしっぽあり。その間にも他のけものたちは、次から次へと門を入っていくのです。そのたびに門番グリズリーは、いちいちうなずきかけています。アルマジロは焦りにかられて、思わずきいきい声を出しました。

「しっぽ、ちゃんとあるんだけど」

すると相手は、ちらりとアルマジロのおしりに目をくれて、

「おまえのは、ふさふさしてない」

ああ。確かにそうでした。けれどそのときちょうど、ハタネズミたちの一団が、大急ぎでアルマジロの両脇を駆け抜け、門を入っていきました。アルマジロは叫ぶように言いました。

「みんなちっぽけだし、ふさふさのしっぽじゃないのに！」

「彼らはひげを持ってる」と、落ち着き払ってグリズリー。

そうです。アルマジロにひげはないのです。目の前が真っ暗になりそうでした。

ところが今度は、しっぽもひげもない、ちんけなアカゲザルたちが、大騒ぎのうちに通っていくのです。アルマジロが口をとがらす前に、門番が説明しました。

「彼らは灰色じゃないからだ」

ああ。そうなのです。アルマジロときたら、頭からしっぽまで灰色でした。

今度はのろのろと、ツチブタです。よくアリ塚のところで出くわす顔見知りなので、アルマジロは声をかけてみました。

「きみは入れるんだねぇ。門の中はどうなってるんだろ」

「知らないよ」とツチブタは、怯えたように答えながら足を早めます。「とにかく、急がなくちゃ」

「ツチブタくんだって」アルマジロはつぶやくように抗議してみます。「ちっぽけだし、しっぽはつるつるだし、ひげだってないし、おまけに灰色」

するとますます冷徹な調子で、門番グリズリーは答えるのでした。

「彼の場合、からだの表面が柔らかい」

ああ。アルマジロのからだは、丈夫な甲(こう)にくるまれているのでした。アルマジロはすっかり気落ちして、ぼんやり自分のかぎづめを眺めていました。その間にほかのけものたちは残らず、門の中へと入ってしまいます。

いつのまにかアルマジロの後ろには、一族郎党が数珠つなぎになっていました。咳払いをしたり、不安げにひそひそ言い交わしたり、そのへんに黒アリでもいないか見回してみたり。けれどだれひとり門番に文句をつけたり不平をこぼしたりはせずに、じっと待っていました。いちばん最初のアルマジロが、なんとかうまく取り入ってくれないものかと期待しながら。

「あの」さっきのアルマジロがおずおず申し出ました。「よかったら、とびきりおいしいシロアリの塚のあるとこ、教えたげるけど」

門番は少しばかり、心を動かされたように見えました。

「それに、イトミミズのわんさとかたまってる場所も」とアルマジロはつけたしました。

「ふむ。そいつはどこだ」と門番。

アルマジロは勇んで、その場所のことを説明しました。

「なるほどわかった」門番は宣告します。「けどな、アリはおれの口には合わん。ついでにミミズもな」

そして、分厚いとびらは重々しく閉じられました。ずしんとくる沈黙が、あたりに垂れこめました。不安のさざめきが、アルマジロ一族の列を感電するみたいに伝わっていきます。

「どうしよ。これから」

「戻るっきゃないんじゃない」

アルマジロたちは、さんざんに踏み荒らされてがらんとした、もとの世界に向かって歩き出しました。あてもなくよろめき進んでいくと、土手っぷちに穴がひとつ、見えました。あれはたしか、アナグマのすみか。アルマジロたちはなんとなくほっとして、ため息をつきました。ああ、つらい世界に暖かな穴がぽっかりと。

「こんちはー」とアルマジロは口々に、穴の中に声をかけました。

「ああ。こんちは」と目をこすりこすり、昼寝していたらしいアナグマが顔を出しました。「どうしちゃったんだい。おそろいで」

「締め出されちゃったんだ」

先頭のアルマジロは事情を話しました。

「そういえば、門のとこに来いってお知らせ、来てたっけなぁ。うんうん。ジリスのやつが、伝えまわってたぞ」と頭をかくアナグマ。

「寝てたの？」

「うん。すっかり忘れてた」

「もうみんなして、中に入っちゃったよ」

「ふーん。で、きみたちだけ入れなかったわけだ」

「そう」

「そうか。とにかく、何かが起こるみたいだからさ、用心しといたほうがいいな」

「用心って、どんなふうに？」

「まあたとえば……」

「たとえば？」

「うんとからだを鍛えとく、とか」と言いながらアナグマは、アルマジロの胴体くらいの太さの腕をぶん！と振ってみせました。

アルマジロたちはがっかりして顔を見合わせ、首をすくめました。なにしろ自分たちの武器といったら、ボールみたいに丸まることだけだからです。危機が通り過ぎていくまでやりすごすだけなのです。

アナグマとアルマジロ一族は、重苦しいネズミ色の雲の垂れ下がる空を見上げました。

「アナグマくん、門のとこに行ってみないの？」

「だってもう、閉まっちゃったんだろ」

「でも、開けてくれるかもしれないよ。叩いたら」

「めんどうだなぁ」

「それにさ」アルマジロが不意に目を輝かせました。「もしきみが行ってみてだいじょうぶだったら、ぼくたちのことも頼んでみてよ。ね、そうしてみて」

そこでアナグマは出かけることにして、のそのそと穴から這い出しました。後ろにずらりと、アルマジロ一族がくっついていきます。

とびらの前に到着。

どぅん。どぅん。アナグマは後足で立って、鋼鉄のとびらを叩きました。

「なんだ。だれだ、今ごろ」という門番グリズリーの底冷えのするような声が、中から響いてきました。

「忘れてたんだ、来るの」アナグマは大声で答えます。「ぼく、アナグマなんだけどさ」

「アナグマだと？　ちょっと待ってろ」

アナグマはあくびをしながら突っ立っています。アルマジロたちはかたずを飲んで待ち受けました。やがてとびらが細めに開き、門番の顔が半分現れました。

「よし。確かにアナグマだな。じゃあ、早いとこ入れ」

「ぼくたちも入れて！」アルマジロたちは口々に叫びます。「さっき、あとまわしって言われた」

ところが門番は、とびらの向こうから先頭のアルマジロを一瞥して、こう言い渡したのです。

「おまえたちの『あと』は、丸くなるのをやめたら来るだろうな」

たちこめる沈黙。ありえない。丸くならないアルマジロなんて、菜食主義のライオンのようなもの。

「だけどいったい、中には何があるのさ」ととりなすようにアナグマが門番にたずねます。

「入ればわかる」とそっけなく門番。

「なんか、おもしろいことかい」

「入ったときに、ちゃんとわかる。さっさと入るんだ」

「じゃ、先に入ってるよ。悪いけど」とアナグマは頭をかきかき、アルマジロたちに言いました。

呆然と立ち尽くすアルマジロは、だれも返事をしません。アナグマはのそのそと中に消えていきました。と同時に、ずっしりと腹に響く音を立てて、とびらが閉ざされました。

「ねぇ、どうする？」

「どうしたって入れないよ、これじゃ」

アルマジロたちはもつれるような足取りで、もと来た道を引きあげます。これからいったい、何が起きるのでしょう。すべてを吹き飛ばす嵐でしょうか。ことごとく焼き尽くす山火事でしょうか。何もかも飲み込む洪水でしょうか。

あそこは、よっぽど居心地がいいに決まっています。だって、だれ一人こっちの世界へと戻ってこないんですから。じき、アルマジロたちはとびらの向こうの世界を楽園と呼んで、ますます猛烈に憧れるようになりました。

やがてアルマジロたちはめまいのするほど数を増やしていきました。おまけに、丸くなることがなくなりました。のんきな暮らしの中で、丸まることを忘れてしまったのです。何しろ、ジャガーだのピューマだの、まがまがしい天敵たちはみんなあっちの世界に行ってしまっているので。

そのことにふと気づいた一匹が、

「ねえ、そう言えば門番、丸くならなくなったら、って言ってなかった？」

「あ。うんうん。言ってた」

「じゃあ、もう入れるってば」

アルマジロ一族は、今こそ約束を果たしてもらおうと、大挙して門に向かいました。その行列の長さはといえば、先頭の一匹が門に着いたとき最後尾はまだ出発の準備に取りかかったところ、というほどでした。

「あのー」

「すいませーん」

「ぼくたち、丸くならなくなったんですけどー」

呼びかけても返事はありません。

「門番、出てこないよ」

「どうする？」

「こうなったら、数で勝負だ。力ずくで楽園に入るぞ」

「どうやって」

「掘るのさ。掘って掘って掘りまくるんだ」

なるほど、目もくらむ高さにそびえる門だってきっと掘り崩せるはず。何しろこれだけの数がいるんですから。

アルマジロたちはずらり横一列に並ぶと、塀の下で作業を始めました。いつかは必ず楽園へ。まだ見ぬ夢の国へ。甲がすり減っても爪が折れても鼻の穴が土で詰まっても、頑張り抜くのみ。

＊

今でもまだ、アルマジロたちは楽園を目指して土まみれです。

（了）

バク頼み

「眠りには一〇八種類あるんだ」とバクは思わせぶりに告げる。

「一八だろうが一八〇〇だろうが知ったことか」男は足元に唾を吐く。「とにかくさっさと眠るんだ。そしてこの世界を元に戻せ。サイレンが鳴りっぱなしじゃねえか。鼓膜が破れちまう」

「一〇〇番目の眠りは飛び上がるくらい酸っぱい。とても味わえたもんじゃないよ」と男を無視して、バクは例示説明を始める。「九〇番目のはやたらとんがってる。ノコギリヤシの葉っぱみたいにね。とにかく居心地が悪いのは保証つき」

「いいか」それをさえぎって男は再び唾を吐く。「解説は抜きだ。何番目のだろうとかまってられるか。とにかく眠りやがれ」

「やがれって何さ」

「……いや。悪かった。眠ってくれ。頼む」

「でも、再構成した世界の質が落ちちゃうよ。よぅく吟味して選ばないと」

「おい」男はほとんど金切り声になる。「つべこべ抜かしてる暇はねえんだ。あっという間に火がやってくる。どうする気だ」

「ぐーぐー」

「な、何のまねだ」

「いきなり眠れったって、無理無理」バクはいやいやをするみたいにずんぐりした首を振る。

「それじゃ、あんたにそんなこと、できるわけ？　脅されてすぐさま、眠れるの？」

男はもう一度、あたりを見回す。人っこひとりいない。頼みの綱はやっぱりこの目の前の、間抜けづらしたバクのみ。どうしたってこいつと話をつけなくちゃならない。

「ああ、眠るさ。命が惜しけりゃ、何としてでもな」

「惜しいの？　命って」

男は一瞬口ごもる。

「おめえはそうじゃねえのか」

「ないよ。だって、命なんか持ってないもん」

「生きちゃいねえ？　ゾンビだってのか、おまえは」

「生きてるって何さ」

だめだこれは。男の顔は、今度は懇願に歪む。

「なぁ。よもやま話で時間つぶしてる場合か？　考えてもみろ。この世にはおれとおまえしかいねえ。それもじきおしまいになって、誰もいなくなる。誰ひとりだぞ。それでもかまわんってのか」

「どうしていけないわけ？」

男の裸の背中が、不意に虚空に現れた炎にさっとあぶられて、焦げ臭いにおいが漂う。男はもう涙声になる。

「何が欲しい？　条件は何だ。言ってみろ」

「それ、取引ってやつ？」

「そうだ、欲しいものは何でもやるぞ」

「じゃ、粒よりのダイヤモンド、一〇〇億個ちょうだい。空に飾るんだ。天然のイルミネーションてことで」

「……頼むよ。ふざけてねえでよ」

「うそうそ。ほしいものなんてないよ。何でもあるんだもん」

「そりゃそうだよな。おまえは世界が再生できるんだから。トカゲのしっぽみたいによ。とにかく、おれにできることなら何だってする。言ってみてくれ」

「じゃ、いい？」

男は唾を飲み込んで頷く。

「世界を再生してほしい、なんて思わないこと。つまり、いさぎよくすること。それが条件」

汗みずくの男の目に、またまたエンジ色の火影がくっきりと映っている。

「こ、これでしまいにしろってことか。覚悟を決めろってか」

「ほんと往生際が悪いんだから」

男はとうとう地べたに膝をついて号泣し始める。完全に追い込まれた状況。

「ちょっといい？」バクはおもむろに訊く。「ぼくが夢を食べるだけじゃなしに、現実も再生してるって、どこで聞いたわけ？」

男はもう観念したようで、流れ落ちる涙を拭いもせずに抑揚のない声で答える。

「夢を食う一方じゃ、夢の行きどころがねえだろって思ってな。食うばっかりじゃ糞詰まりだ」

「だよね」とバクははしゃいだ声を出す。「なんか気に入ったなぁ。その答え」

「そりゃ何よりだ」

「ってことで、願いを叶えてあげる。眠りが再生世界に対応してるんだけど、何番目のがいい？」

腑抜け同然の男の目に、微かな希望の光が宿る。

「元通りでいい。たいそうな望みなんてねえ」

「それって、面白くないんじゃない？」

「ご自由に」

「じゃあ、元の世界が八四番だったから、七七番目とかどう？　ちょこっと色をつけて」

「構わんさ。それで頼む」

バクはのろのろと体を横たえて、ほどなくそのまま眠りに落ちていく。男はまだ自失状態のまま座り込みながら、そのさまをぼんやり眺める。中空の火がちょっとばかり頭頂部を焦がしたが、もうさして気にならないよう。

というわけで、いつしか男はバクの再構成した七七番目の世界にいた。男はいま、しがない中古車セールスマンで、頭頂部が薄くなりかけている。そしてパートでコンビニ勤めの妻が、近ごろ浮気を始めたのに薄々感づいている。が、そろそろ年度末。今度の商談がうまくいって車検落ちのクラウンが捌ければ、前年度比一五パーセント増ノルマにぎりぎり手が届くのだ。

で、首がつながったと確定したら、あのあばずれを思うさましばき倒してやるさ。

（終）

荒れ野を越えてゆく

デスロールは屈強な咬みちぎり屋だ。ナイルワニがよくやるやつだが、獲物の一部をくわえて体を回転させ、引きちぎってしまうのだ。見た目は小柄なぶちのブルテリアなので油断を誘発するものの、ぎっしり立て込んだ歯並びを見せつけたとたんに、たいがいの相手は尻尾を巻く。尻尾を巻かないばかな相手は咬み散らすまでだ。

ララバイはイラク帰りで不眠症になった兵士をも眠らせる。ハミングでもって、〝G線上のアリア〟と〝シシリアーノ〟と〝グリーンスリーヴス〟を足して割ったような歌を低く唸るのだ。そのさい、洪水なみに気前よくアルファ波を放出するらしい。ただし当然ながら、その適用範囲と効力には限度がある。姿はといえば、きちんと毛並みの手入れのされたゴールデン・レトリヴァーそっくりだ。黄金の長毛が、体全体を流れるように覆っている。

グラトンはやたら大食らいで、ふつうなら誰も見向きもしないものでも食べてしまう。ひからびた雨蛙だとか、つぶれた麦わら帽子だとか。消化できないものはこの世にないとでもいうふう。「好き嫌いはあるんだよ、ぼくにだって」とグラトンは解説する。「たとえばさ、麦わら帽子よりはだんぜん、雨蛙のほうがましだからね」

グラトンの見かけは、ただのまるまる肥えたビーグルだ。が、一目見れば誰でもぎょっとしてしまう。ちょっとした輓馬なみの図体なので。

ラナウェイはびくつき屋だ。目も耳も鼻も利きすぎるものだから、何か怖気づかせるものをやたら感知してしまう。そうなったらすぐさま臆病風に吹かれ、大きな耳をはためかせて一目散に逃げ出す。逃げ足の速さときたら半端ではなく、全速力のスポーツバイクが追いつけないくらいだ。ラナウェイはちっぽけなパピヨンに似通っている。

それと女の子が一人。目立たないベージュのオーバーオールを着せられている。名前はディディ。指しゃぶりがやめられず、「でぃでぃ」しか口にできないのだ。後になったり先になったりして、とにかく群れについていく。隙があればひどく痛めつけられるに違いないこの世界を、よろめきよろめき、どうにかこうにか歩んでいく。遅れるといちいち待ってやるなど、犬に似たけものたちがそれとなく彼女を気遣う。彼女はダウン症で、自分の陥っている状況がよく飲み込めないのだ。状況がわかったとしても、どうすればいいのかわかりはしないのだが。

彼女の死んだ父親が、この犬もどきたちの育ての親だった。自分亡きあと、一人娘である彼女がぎりぎりまで守護される仕組を作ろうとしたのだ。彼はデスロールたちをかわいがりながら、それなりにきちんとしつけていた。とりわけ、ディディを守るということにかけては、どのメンバーも等しく、強く方向づけられていた（探知機めいたラナウェイについては微妙なところだが）。使命感を植えつけられた、といったところか。そしてディディは父親の決めたルールを、もしくはその残滓を、彼女なりに懸命に守ろうとしていた。一方で、彼女の母親はといえば今は当てにならなかった。彼女を産んでほどなく双極性障害を発症して、夫が死んだあとは行方知れずとなってしまったのだ。父親はそうしたことをもうすうす予感していたのかもしれない。旅がどこまで続くのかはわからなかったものの、長くもつとは思えなかった。また、完膚無きまでに惨憺たる旅になるのか、どうにか耐えられるようなものになるのかもわからなかった。けれども父親は、娘の行末を犬もどきたちに託さざるをえなかったのだ。人間というものを信用しかねる状況であれば、ほかにどうしようがあるだろう。人間は神話の中で生きている、というのが父親の口癖だった。そして、神話はえんえん繰り返されるんだ、とも。

世界はひっかき回されたワンタンスープのように混沌の極みにある——ならまだしも、わずかな上澄みとたっぷりすぎる澱みというありさまが際立ってきていた。ましな状況を取り戻す必要があった。少なくとも、まるで無力な者が一方的に叩きのめされるようなことのない程度には。けれど問題は、いったい誰にそんなことができるのかということに尽きる。何しろ誰もが、疑心暗鬼にどっぷり浸りながらやっかみ合いに奪い合いに泥仕合、または非難を繰り返しているのだ。たとえば役に立たないものをいとおしむのが文化だとしても、もうそんなゆとりはどこにもないってことだ。ああそうだった、ナチスドイツじゃ障害児の親がヒトラーに手紙を出して、お国の足を引っ張るだけだから息子を殺して欲しいと要請したって。ヒトラーがそれもそうだと納得して〝無益な〟障害児の処分が始まったって。大量のユダヤ人たちの始末に先立って。

流れ全体がそんなぐあいになってしまったなら、真正面からの抵抗はほぼ無駄死ににになる。逃げることだ。どこまでも避難するのだ、鬱勃とした狂熱の冷めるときまで。

ディディは整理整頓――ふうの所作――が大好きだったが、この世界に整頓できそうなものは見当たらなかった。それどころか下手をすると、自分自身が整理されてしまいかねない。

そういえばディディにはただ一つの特技があった。間違い探し。彼女の最高到達点は、リサ＆ガスパールの間違い探しパズルだった。リサの足の組み方と、ガスパールのマフラーの色と、壁紙のコスモスの花びらの数が違ってるのに同時に気づくのだ。ものごとの同定ならお任せで、同じなら無反応だが、前と違う点があれば「あーあー」と意思表示することができる。もっとも、何がどう違っているのかは表現できないので、誰かが推量するしかないし、それが特に何かに役立ったということもないのだが。

いちばんの敵は、障害児殲滅（せんめつ）を目論むシンジケートだった。至るところに立ち現れている窮状の多くはじつのところ障害者のせいであって、始末しなきゃ立ちいかないというのだ。彼らもまたディーディーと称していた。DD、つまりDisciples for Disabled――障害者のための使徒たち。ためのためになることをしてくれようってわけじゃなく、ありていに言えばあの世に送るためのだ。生産性低下の原因を除け、っていうのが表向きの看板だが、ほんとのところはどうか。知恵遅れの子がまず狙われ、聾啞者、義肢や義足の子はもちろん、しまいには度の強い眼鏡をかけているだけの子も対象になった（七〇年代ポル・ポト政権下での状況と同様）。とにかく足を引っ張る可能性のある者は片づけろ、というわけだ。で、なぜさしあたって子供なのか？　使えない子供は長きにわたって、乏しい社会資源の浪費を続けることになる。芽のうちに摘むに越したことはない。

ちょっとした障害持ちと言えないこともない――ごく一般的なことだ――者ほど、明白で重い障害を抱える者たちを憎み、敵視し、抹殺しようとした。まるで鏡を見るのが怖くて、あらゆる鏡を叩き壊そうとでもするみたいに。

信念に燃え盛ってる連中だらけで、ララバイに眠らされたあとで目覚め、今度は逆に頑固な不眠症になってしまった組は、一行を一晩中つけ回しにかかる。またデスロールに膝を咬み砕かれながら九死に一生を得た者は、松葉杖でもって追撃を試みるほどだ。その執念深さときたら、心臓にペースメーカーを入れてでも追ってくるに違いない。

グラトンに踏みつけられてぼろきれみたいに地べたに横たわったある年若い刺客は、あぶくまみれの口でつぶやいた。上からの指令で逆らえなかった、と。

「でも、ＤＤに加入したのはあなたの意思でしょうに」とララバイが、厳しい調子で返すと、加入しなかったら自分もやられてたっていう。適応障害なんだと。やれやれ。こいつも熱烈に邁進しまくるくちだったか。

「ぼく、戦いたくないよ」とラナウェイが泣きごとを言う。

「だよな。ったく、悲しくなるほどチンケな戦いだぜ」

「チンケでもそうじゃなくても嫌」とラナウェイはしっぽを後足のあいだに挟み込む。

父親の唯一の遺言は、ただひたすら西へ向かえというものだった。西の果て、それ以上は進めないところまで。何かを探すとか、何かをどうにか処理するなどという指示は何もなかった。その意図は誰にも汲み取れはしなかったが、ひょっとしたら「西方浄土」というふうなイメージがあったのかもしれない。

一行は、無用な争いはできる限り避けるようにした。が、妨害者がいればラナウェイがいち早く嗅ぎつけ、デスロールが咬みちぎるか、ララバイがおとなしく眠らせるか、グラトンが消化してしまう。ディディは指をくわえて——文字どおりに——成り行きを眺めているばかり。たまま怪我を負ったときには、泣きながらおかっぱの頭がくらくらするほどグラトンに舐められ、傷を癒してもらう。それからララバイの優雅な長毛のあいだに顔を埋めて、しばらく眠る。

「にしても、西の果てに何があるんだ？」とデスロールがいぶかる。

「そりゃあ、うまいもんどっさりさ」とグラトンがよだれを垂らす。

「安全が手に入るんでしょう」と冷静にララバイ。「わたしたちの役目が、ディディを西へ連れて行くことにある以上は」

「そこって、怖いものないよね？」とラナウェイがびくつく。

「楽園かもな」とデスロール。「さもなきゃ新手の地獄か」

シンジケートＤＤの連中の執念深いストーキングを振り切ったり、どうにかこうにか口に入りそうなものを漁ったり、ディディを真ん中にひっそりと野宿したりと、たいして気勢の上がらない旅は続いていった。

西へ進むにつれて、奇妙な噂がまるで疫病みたいに流布し始めているのがわかった。

何かがあるというのだ。そしてＤＤの連中は、なぜかそれをえらく恐れているという話も。そこが地の果てで、踏み込んだなら際限なしに落っこちていくとでもいうように。まさか。ということは、ともあれ、そこに近づけば近づくほど安全だということにもなる。敵は四方八方から迫ってくるとはいえ、誰もその恐るべきどん詰まりまでは迫ってくるまい、おそらくは。

風の噂をパッチワークのようにつなぎ合わせると、そこに何か巨大なものが立ちはだかっている、ということらしかった。

「とてつもねえでかさでよ、おまけに目の潰れるくらい眩しいんだとよ」

「そんな怖いところに行くの？」とラナウェイ。

「どのみちそっちへ向かってるところさ」とデスロール。「戻ったって仕方ねえからな」

疲労の色が日増しに濃くなってきていた。デスロールの牙はあちこち欠け、グラトンの腹は張って息切れがひどくなり、ララバイの眠波は壊れた水道みたいにとぎれとぎれにしか出なくなっている。きりのないものに追い詰められるというのはこういうことだ。

そうしたある午後、荒れ模様の天候のなか、不意にディディがしくしくし出した。疲れきってしまったのかもしれない。一行は珍しく午睡をとることにする。ディディは何かに小さくバイバイする動作をしながら、泣き濡れて眠りに落ちた。

ラナウェイのやたら甲高い警戒警報で、一行は浅い仮眠から目覚める。

と、目の前に滝が出現していた。

いや、瀑布と見紛う圧倒的な立ちはだかり方をしているのは、壁だった。振り仰いでも上方は霞んで判然としないし、見渡してみても左右の果てが見えない。ナイアガラの滝どころじゃない。壁はその壮大な全体を、ふかふかした純白の毛皮で覆われている。陽射しを照り返していて、見つめていると目が眩むほど。そして、よくよく眺めると全体が呼吸するようにゆったりと膨らんだり、くぼんだりしているのだった。

「何だなんだ」とグラトンがすっとんきょうな声を上げる。全身をひきつらせて警戒していたラナウェイはおしっこをちびったかと思うと、とうとう逃げ出す。これまでも怖いものだらけだったが、ついに真打が登場したのだ。たぶん。駆け出すとどんどん加速がついて、両耳をはためかせながら、小さいつむじ風さながらにすっ飛んでいく。こうなると誰にも追いつけないし、止められやしない。ラナウェイはみるみる豆粒より小さくなって、じき見えなくなった。

「ラナウェイ、どうする？」とグラトン。

「どうもできねえよ」とデスロール。

一同は息を呑んで立ちすくむばかりで、相手が倒すべき敵、つまりシンジケートの親玉なのかどうかさえわからないありさま。けれども、デスロールでは歯が立たないのは見て取れた。ララバイのハミングが通用しないのも予感できた。グラトンにさえ、その途方もない量を片づけきれないのはわかった。

「ディディ、なんで静かにしてるんだろ」とグラトンが気づく。

「大騒ぎしてもおかしくねえのにな」とデスロール。

「まるで最初からここにあったみたいね」とララバイ。「あたしたちには見えなかったけど」

涙の跡を頬につけたディディは首をほとんど直角に曲げて滝を見上げているが、怯えた様子はまるでないのだ。

「食っちゃっていいかな？」とグラトンがぼんやり口にする。

「遠慮しねえで全部片づけちまいな」と素っ気なくデスロール。

「やめときなさいよ」とララバイ。

「冗談だよ」とデスロール。

「ここがきっと西の果てね」とララバイ。

「どん詰まりだな」とデスロール。「進みようがねえ」

「でもなんか、じっと見てると、落ち着く気がするんだけどな」とグラトンが壁を見上げる。

指をしゃぶりながら呑気にあたりを見回しているディディ。

はらわたみたいな雲がちぎれては吹っ飛んでいく。空は点滅するみたいにめまぐるしく色合いを変えている。明らかに嵐の種をはらむ空の下、滝はいたって悠然と構えているように見える。

一行が途方にくれて立ち尽くすうち、壁の一角の裾が、緞帳さながらにしずしずと持ち上がった。差し招くかのように、温かげな闇が覗いている。グラトンでも十分入っていけるだろうスペース。

「とりあえず、前へ進めってことか」とデスロールが呟く。

だいいち、引き返すという選択肢はないのだ。ディディはいったん背後を振り返ってみたものの、がらんとした荒野にラナウェイは影も形もない。一行はラナウェイのパニックがおさまって、急いで戻ってくるのを待っていたものの、そろそろ日が傾く頃合になった。入っておいでというふうにぽっかり開いた〝滝の入口〟が、いつ閉じるかはわからない。

「入ったら、また出てこられるかな」とグラトン。

「たぶんね。危険な装置という気はしないもの。でもわからないわ」

一行は途方もない漆黒の中へと、おそるおそる足を踏み入れた。

※　　　※　　　※

さあ、出かけなくちゃならないから、お留守番してるのよ。

犬たちは不安げにディディを見上げる。けれどもディディは群れのリーダーだ。ついていけば間違いはない。ブルテリア（のミックス）もレトリヴァー（のミックス）もビーグル（のミックス）も、保護施設からディディが引き取ってきた犬たちだ。ディディにすっかりなついているだけに、それぞれ軽い分離不安障害を抱えている。

ディディはどんなに急いでいても、小さいパピヨン（のミックス）の写真に手を合わせてから出かける。不注意から行方不明になってしまったことを今でも悔やんでいて、ときおり気持がひりひりと疼く。

残業でちょっと遅くなるかも、とベージュのトレンチ・コートを羽織りながらディディは、てきぱきと犬たちに言い聞かせる。だけどあんたたちを養うのに仕事してるようなもんだからね。我慢してよ。いい子にしてるのよ。わかった？


（了）

覚めない夢

気がつくとアルマジロは、ゲームに参加しているのだった。申し込んだ覚えはなし。A5963とかいうゼッケンが丸っこい背中に貼りつけられていることには、気づかない。

傍らには、旗を手にしたボブキャットが立っている。

「どっちか選べ」とボブキャットは冷ややかに言い放つ。「右へ行くか、左かだ」

「どっちかったって……」とためらうアルマジロ。

「いいから選ぶんだ」

「だって」

「さっさとやれって」

たたみかけるボブキャットの前に、アルマジロはなすすべもなくたたずんでいた。

「ひどいやこんなの」と小声で抗議を試みる。

「これがルールだ」と相手はにべもない。「それにだ、まごまごしてると、選べるもんも選べなくなっちまうぞ」

アルマジロは口をつぐんで立ちすくむばかり。

「まあ、心配すんなよ」と相手は不意に猫なで声を出した。「そのうちラクになっからよ」

「ぼくやめた。降りることにした」と言っても許してくれないのはわかっていたが、言ってみずにはいられない。

「だから、ダメなんだよ、今さら」

「どうしても？」

「絶対にな。いったん参加しちまったら」

「そんな」

「そんなもこんなもねえ。このとんま」

そう、ここでとびきりいいことを思い出す。からだをきつく丸めてしまったアルマジロに、怖いものはないのだ。アルマジロはおもむろに無敵の体勢をとった。一個の完璧な球の出来上がり、と。そうするとちょっとばかり落ち着いたので、こんな感想を口にする。

「マフィアみたいだねぇ。絶対抜けられないなんて。ぼくはごめんだな」

「ふふん。ごめんこうむるとは大きく出たじゃねえか」

「言っとくけど誰も手を出せないよ。ボールになったぼくには」

「それが、出せるやつがいるんだな」

とたんに、アルマジロの口調は弱気になる。

「……だ、誰がさ」

「穴ぼこだ。聞いたことあるだろうよ」

ああ。穴ぼこ。なんていやらしい、いまわしい響き。そいつときたら、たちの悪いことに、いきなりどこに口を開けるかわからないのだ。そりゃ中には、けっこう遠くから目に入るやつもある。が、たいがいはせいぜい、落っこちるときの心の準備をしておくのがやっとなのだ。

「そうか。ゲームを降りる仕方がひとつだけあったな」ボブキャットは冷徹に提言する。「どっかの穴ぼこに自分から飛び込むこった。ほら、近くにもあるぜ」

巻きを半分ばかりほどいて見てみると、すぐそばに、見るからに陰気な穴がひとつ、深々と闇を湛えている。

「底は、どうなってるんだろ」

「自分で調べてみるんだな。どうなってるか」

アルマジロは巻きをいったん全部ほどく。そのへんの石くれを前足で転がして、真っ暗けの穴ぼこのふちから落としてみる。だいぶん長いあいだ耳を澄ましていたものの、何ひとつ聞こえてはこない。

「わかった」せいいっぱい明るい声を出してみるアルマジロ。「底はふかふかのクッションなんだ、きっと」

「まあ、違うとは言い切れねえな。そうかもしれねえし、違うかもしれん。ただの底なしってこともある」

アルマジロは、飛び込んだ自分が果てしなく落っこち続けるところを思い浮かべてみる。あんまり愉快な想像ではなかったので、思わずため息がこぼれる。

「入ってみなくちゃわからねえんだ、どうなってるかは」とボブキャットはだめを押す。

「わけがわかんないのに、とにかく参加しなくちゃなんて」と未練がましくこぼしてみても、相手の顔つきは変わらない。

「いいか。穴と対決するのに、二つやり方がある」ボブキャットはきまじめな口調になって、講釈を垂れ出す。「ひとつは、穴の中にけっこうな世界が広がってる、と思ってみることだ。ただし、信じきれなくちゃだめだがな。あとひとつは、無視しちまうことだ。穴なんぞメじゃないってな」

「ぼくならどっちかなぁ」

「ま、無視ってのは無理だな」とボブキャットは相手をじろりと眺め、「おめえさんのキャラから言って」

そこでアルマジロは、せかすボブキャットをよそに、とりあえず丸まったままひと寝入りすることにした。困ったときにはいつもそうしてきたように。

……夢の中でも、ひたすらのっぺりした灰色の大地が広がっていた。ところがそこへ出し抜けに、漆黒の口を開けるのだ、まがまがしくいまいましく、おどろおどろしい穴ぼこが。夢の中でアルマジロがいちばん怖れたのは、こんな風景だ。――足元にさっと穴が開く。穴のほうは、自分がたいしてでかくなくてもいいと高をくくっている。なにしろアルマジロというのは、とっさのときに決まって丸くなるとわかってるので。ところが、穴ぼこに吸い込まれる瞬間にたまたま巻きがほどけ、からだを突っ張ってしまうとしたら。当然、穴のふちに頭としっぽがつっかえる。

で、突っ張りが直らないまま、永久に宙ぶらりんに……

アルマジロは両耳をひくひくさせてうたた寝から覚め、その穏やかでない白昼夢を追っ払う。

それからかすかな希望を込めて、こう言ってみる。

「思うんだけど、これって全部夢なんじゃないのかな。何もかも」

ボブキャットはそっけなく首を振る。

「だってあんた、夢なんかじゃないって証拠がある？」と弱々しく抗議。

「そりゃねえな」

「でしょ」

「夢なら夢でいいさ。だがよ、覚めねえ夢ってもんだ、こいつは」

「でも、夢は夢だし」

相手は何か焦れたように答える。

「覚めねえんなら、おんなじさ。夢だろうが現実だろうが区別なしよ」

「そんな。あんまりだ」

「だからよ、何か楽しみの種でも見つけるこった」

「でもどんなわけで、こんな穴ぼこがあるんだろ」と、どこまでも納得のいかないアルマジロ。

「わけだ？　そんなもん考え込んでるうちに、おしゃかだぜ」と相手は冷笑する。

するとアルマジロは興奮して両耳を突っ立て、後ろ足で立ち上がると、かぎづめを振った。

「考えたって考えなくたって、やっぱりおしゃかなんだ。どうせなら、そうなっちゃう前に、何で穴ぼこなんてものがあるのか、見つけてやるぞ！」

そのとたんだった。ボブキャットは無防備なアルマジロに襲いかかると、喉頸(のどくび)をくわえ、前足でそのからだを押さえつけた。

「あっ」と喉を詰まらせながらアルマジロ。「反則、反則」

「ばかたれが」とボブキャット。「反則もくそもねえんだよ、このゲーム」

アルマジロはあっという間にきれいに平らげられ、甲羅を残してがらんとした地上から消え失せる。

「悪く思うなよ」ボブキャットは腹ばいになりながらひとりごちる。「おれだって、生き延びなくちゃならねえからな」

と、そのボブキャットの背中の毛が逆立った。次の刹那、そのからだがぽっかりと口を開けた穴の中へと吸い込まれていった。敏捷さでは誰にも劣らなかったのに、跳びのく暇もなし。

消化途中のアルマジロごとボブキャットを呑み込んだ新しい穴ぼこは、真っ暗な口を開けたまま、そこにある。

（了）

辺境メンテナンス

「だれにも顧みられない場所は、何もしなくても崩れちゃう」とゾウは何かの格言みたいに言う。

「缶の底に忘れられたクッキーみたいにね」

確かに、ゾウの足元ならもう崩れかかっていた。そこに果ての見えない淵がぽっかりと覗いている。ゾウの体重のかけ方次第じゃ、奈落の底に真っ逆さまだ。ぼくはちょっと後ずさりしながら提案した。

「もうちょっとこっちに寄ったほうがよかないかい。落っこちちまうぜ」

「ぎりぎりのとこで見張ってなくちゃならないんだ」ゾウは頭を振るのだった。「それがぼくの使命だからね。ミッションが四六時中、頭の中で鳴り響いてる」

「まったくもって、仕事人の鑑（かがみ）だな」

この最果ての地に派遣されて三ヵ月ばかりになる。二人して警備にあたる任務にありついたのだ。

ここは国境というわけじゃなかった。帝国には国境なんてないのだ。あるのは辺境だけ。皇帝の御威光が及ぶか及ばないかぎりぎり、っていう境目だ。

「にしても、たまにはマンゴーとか食べたいなぁ。パパイヤでもいいんだけど」とゾウはぼやく。いつもの繰り言だ。

「無理だな。どだい南国の果物だし」

「温室栽培って聞いたことない？」

「そりゃあるさ」

「ああ。温室だったら、食べ放題だのに」と夢見がちに鼻を揺らす相手。

「面倒言うなよ。パイナップルだの何だのって言ってると、ただの草だって取ってきてやらないぞ」

「いいよ。そしたらきみはクビだから」と相手は愉快そうに釘を刺す。

「かまわないさ。こんなとこもう願い下げだね。見えるのは穴ぼこだけ、聞こえるのは風の音だけ、いるのはわがままなゾウだけ」

いつもこんなぐあいだが、ゾウはこっちをクビに追い込んでやろうなんて気はさらさらないのだし、ぼくだってゾウのやつを飢え死にさせようなんて思っちゃいなかった。お互い、曲がりなりにも相棒なんだから。それにこっちは永年フリーターの身ときてる。仕事を選んでられないのだ。ゾウのエサ係だろうとアルマジロの甲羅磨き係だろうと、ＡＩがこなせないようなことは何でも引き受けないと。まあ、こっちの仕事ぶりを四六時中見張ってるのはＡＩなんだけれど。

ところが半月ばかりすると、スマホに恐るべきニュースが飛び込んできた。皇帝が死んで帝国が崩壊したっていうのだ、フェイクニュースでなければ。つまりもう雇用主はいない。ってことは、今までの分の給料だって出るはずもない。まるまる働き損てことになる。ＡＩもいつのまにか作動を止めてしまった。何てことだ。ところがゾウのやつだけは、やけに落ち着き払っている。

「参ったなぁ。くっそー。皇帝ってどんなやつだったんだろ。もうどうでもいいけどさ」とぼくはぼやく。

「知らないの？」と相手はいぶかしげな目つき。

「謁見したことはないね」

するとゾウのやつ、効果を高めようとでもいうふうに間を置いてから、

「ドリアンなんだよ」

「……あの大ぶりの果物？」

ゾウはうなずいて鼻を揺らす。

「あんまり皇帝っぽくないぞ。まあ、〝果実の王様〟とはいうけどな」

「だってドリアンときたら、前の皇帝を暗殺したんだから」ゾウは、こころもち声をひそめて解説した。「庭の熱帯温室が歴代皇帝の趣味だったんだけど、そこで樹の上から落っこちたんだよ。前の皇帝の脳天どまんなかに」

「黄金の冠か何か、かぶってなかったのかい」

「あれは式典のときだけ」

あのトゲトゲの小岩みたいなやつに直撃されてはたまらない。温室の外側を護衛に固められて、

皇帝のやつ、ずいぶんと油断してたに違いない。

「ドリアンて、こわもてのくせに、中身は意外と甘いんだ。それにあの、目も覚める匂い。新しい皇帝にちょうどいいってことになったんだ」

「だけどその、死んだ皇帝の息子だの娘だのは文句を言わなかったのかい？」

「いなかったんだ。一人も。皇帝はＬＧＢＴだったからね」

「なるほどな。しかしまた、ずいぶんと事情に詳しいね」

するとゾウのやつは深々とため息をついて、

「だってぼくはそのころ、温室にいたんだから。皇帝直属のマスコットって役で」

初耳だった。出し抜けにコトが起きると、そのどさくさで想定外の話がぽろぽろこぼれ出てくるもの。

「それがなんでまた、こんな辺鄙（へんぴ）なところに回されてきたんだい？」

「あっさり放り出されたのさ。マスコットにしちゃでかすぎるってね」

「まあ、だろうな」

「ところでさ、そのドリアン皇帝がどうなっちゃったと思う？」

「皇帝業に嫌気がさした」

「はずれ。ひそかに腐っちゃってた」

「ははん。そりゃ果物らしいな」

「だけど、長いことだれも気づかなかったって話。だって、もとからあの匂いだもんねぇ」

ぼくはゾウのやつがふざけてるのかと思ったが、相手はいたって真面目な顔つきだ。

そして、首都では案の定あっという間に内戦の勃発だ。武器庫を押さえた警護隊長だの、前皇帝のまたいとこだの、「果物で健康を」組合会長だのが入り乱れてるって話。この皇帝の座のぶん取り合戦、群雄割拠で収拾がつかなくなってるらしい。のこのこ戻ったら巻き込まれること必至で、にっちもさっちもいかないぞ。と思ってたら、うまい具合にメールが来始めた。辺境警備は続けろっていう依頼——というか脅迫——だ。それも、戦ってる各派からそれぞれ、同じようなのがやたら届くのだ。誰だろうと、権力の座を奪い取ったらその領土はでかいに越したことはないわけだ。そのときに備えて、とりあえず辺境っていう辺境の守りは固めておけってことらしい。

で、ほかに行くところもないぼくたちは、仕方なしに辺境警備を続けることになった。とはいっても、ぐずぐずと下痢みたいになし崩しになっていく土地の縁をまあ眺めてるだけだが、ここに警備員として張りついてるだけで「実効支配」感が出せるってことだろう。結局どの派の所属になるのか見当もつかないものの。

「アマゾンでバナナか何か、調達してやるよ。景気づけにさ」とぼくはつい口にする。すると相手はおもむろに、注文をつけた。

「フェアトレードのやつ頼んでいい？　どうせならさ。ひとふさ一〇〇円のじゃなくて」

「フェアトレードだ？」とぼくはゾウの顔をまじまじと眺める。すると相手は、真顔になって感慨を述べるのだった。

「時代は移っていくよ。ぼくが長年のマスコットを廃業したみたいにさ。これからはみんなで公平を実現する時代だよ」

「時代が移るのは確かだな」ぼくはうなずいた。「あと一〇〇〇年、いや一万年ばかりたって、倫理がシフトして誰も人をやっかまなくなったら実現するさ。そんな時代が」

（了）

ぎが

人々がそれまで見向きもしなかった辺境にまで住まうようになると、そこに封じられていた巨獣〝ぎが〟の存在が鬱陶しくなってきた。〝ぎが〟を決してどうこうしようとしてはならない、という不文律があったのだが、どうにも都合が悪い。どうといった悪さをするわけでもないが、とにかく図体が超弩級（ちょうどきゅう）だけに、その夢遊病者じみた徘徊（はいかい）だけで並々ならぬ脅威をもたらす。何しろ背丈は楡（にれ）の大樹をしのぎ、歩幅は人の建てた納屋をひと跨ぎにできるほど。全身がふさふさと漆黒の毛皮に覆われていて、遠くからでも石炭か何かの小山のように見える。しばしば苦しげに呻くその声は、周辺の人々の安眠を妨げるほどのものだ。一帯の雑草を日々食んでくれるのはよしとして、排泄物の量も半端ではなく、うかつに足を踏み込もうものなら腰まで糞まみれになる。

二本の真紅の角の間には、いつ頃と知れない昔から縄が張り渡されていて、縄には無数の菱形の紙切れがぶら下がっていた。縄は毛羽立ってたるみ、紙はあちこち引きちぎれて、もはやもつれ合った蜘蛛（くも）の巣にしか見えない。だが、〝ぎが〟は一つ目を半眼に閉じて、見えているのかいないのか、その縄と紙切れとを鬱陶しげに眺め、ときおり重々しく頭を振る。

あの獣を倒せば禍（わざわい）が起きるという言い伝えだが、あれがうろつきまわっているそのことが禍ではないのか。

考えてもみればよい。あの獣が消えて取り立てて困ったことにはなるまい。

そうだ、草は当面茂り放題になろうが、皆で刈ればいいだけの話。

道理道理。

おまけに、と一人が目をすがめた。あやつの肉は存外うまいかもしれんて。大宴会になるわい、これは。

〝ぎが〟退治という言葉が口の端にのぼるようになり、ついにひそかに招集された住民幹部集会で、〝ぎが〟の駆除が本決まりになった。

〝ぎが〟はいかにしても倒れ伏そうとしなかった。手斧を投げつけられようが、矢を射掛けられようが、それが自らの責務であるかのように立ち続けた。もともとおとなしいたちで、逆襲に出るようなこともなかった。苦慮の挙句に毒だんごという策も提案されたが、解体して肉を食べることに鑑み見合せられた。しまいには辺境の果てに村人総出で巨大な穴を掘り、そこに追い込むという話になった。作業は三日三晩かかったが、縦横数十メートルに及ぶ、〝ぎが〟の全身がすっぽり入る大きさの、いびつな穴が掘られた。

住人総出で火攻めを行う手筈となった。手に手に松明を持った住民たちが、一斉に〝ぎが〟の尻のあたりを遠巻きに取り巻いた。宵闇の中、炬火(きょか)にじわりじわりと追われた巨獣は、まんまと穴の中へ崩れ落ちた。そのはずみに足首を折り、幾日ものあいだ鳴き呻いていたが、次第にその声は小さくなり、ついに身動きの取れないままに息絶えた。

そろそろと集まった住人の一人が穴底に降りて、〝ぎが〟の逞しく張った腿の一部をナタで削いだ。穴から出るやさっそく炙って口にしてみたものの、すぐさま吐き出した。硬く苦くいがらっぽく、食えたもんじゃない。おまけにその臭みといったら、鼻がひん曲がるほどだ。

厄介払いを済ませた人々は饗宴をあきらめ、掘り上げた土を獣の死骸に覆いかぶせて、地べたをならした。そして何事もなかったかのように日常を再開した。

まもなく一人、ぐあいの悪い者が現れた。〝ぎが〟の腿肉を味見した男だった。顔面蒼白、冷や汗にまみれて繰り返し嘔吐する。しまいには吐くものがなくなっても身をよじりながら吐き続けた。そうしてじき、命を落とすこととなった。介抱する身内もあっという間に同様のありさまとなり、急な流行り病はみるみる集落全体へと広がっていった。〝ぎが〟の祟（たた）り、という言葉がささやかれ始めたが、時すでに遅く、集落の住人はばたばたと倒れていく。そしてついには、住民残らず死滅する事態にまで立ち至った。

巨獣が辺境でひとり封じ込めていたのは、強力無比のコロナウイルスだった。倒れ伏した屍体（したい）から、おびただしい量の病原体が土を通して、見えない狼煙（のろし）のように排出されたのだ。

辺境に解き放たれた病原体はいま風に乗って、さらなる圏域拡大を始めることになる。

（了）

アルマジロ伝説

地べたの上にはアルマジロが一つ。
地べたを叩くとアルマジロが二つ。
またまた叩くとアルマジロが三つ。
という歌みたいなぐあいに、アルマジロたちは今やこの荒野に続々集まってきている。大祭の日の巡礼さながら。

編纂にきっかり一〇〇年かかった『ブリタニカ世界動物百科大事典（全七五巻）』、《ミツオビアルマジロ》の項の末尾には、こんな記述が見られる。

――いつの日か、譲れない主張を抱いたアルマジロ・ボールたちがある地に集結し始め、その数は倍々ゲームで増えていき、ついには銀色に輝くアルマジロ海を形成するという伝説が伝えられている。が、その場所も時期も目的も詳らかではない。云々。

そのある日が、とうとうやってきたのだ。

見はるかすかぎり、電信柱より高いのや消火栓より低いのや、さまざまの丈のサボテンが突っ立っているだけの、赤茶けた荒れ野。かさぶたみたいに乾いた、だだっ広い大地。そこに四方八方から集まってくる、ずんぐりした滴形の動物の群れ。鈍い銀色の背が陽の光を照り返して、まるで眩しい海原。そう、アルマジロ海だ。この壮観に気圧された様子のインタビュアーが一人、その波打ち際にたたずんで、手近の一〇匹ばかりのグループにインタビューを試みている。

（インタビュアー、マイクを向けて）「それにしてもすごい数だなぁ。これからいったい、何が始まるの」

（アルマジロ1）「死んだふり」

（インタビュアー）「……？」

（アルマジロ2）「ま、座り込みみたいなもんさ」

（出たがり3が2を押しのけて、脇から）「ちょっと質問、いいかい」

（インタビュアー、面食らってうなずく）

（出たがり3）「毎日二倍ずつぼくたちが増えていくと、この荒れ地がすっかり埋まるまで一〇日かかるとするよ。じゃ、半分埋まるのは何日目？」

（インタビュアー、自信なげに）「……五日目かな」

（出たがり3）「残念でした！　九日目だよ」

（アルマジロ1、出たがり3に）「ちょっとあんた、人をからかってる時じゃないでしょ」

（ちょっとばかり気をくじかれたインタビュアー、最初の相手に向きなおり）「ええと。ところで、何のためにこの座り込みを？」

（別のアルマジロ4が、またまた横から）「世界の破滅を阻止すんのさ」

（インタビュアー）「いったいどういう……」

（アルマジロ2）「箱が埋まってるんだってさ」

（インタビュアー）「箱？　どんな？」

（アルマジロ4、くすくす笑いをしながら）「中に、スカンクが入ってる」

（インタビュアー、あっけにとられて沈黙）

（アルマジロ5）「ただのスカンクじゃないよ。とびきり危ない種類のやつ」

（アルマジロ6）「なにしろ死なない種類のやつなんだから」

（インタビュアー）「死なないスカンク……そりゃ厄介な。けど、そのためにどうしてまた、こんなべらぼうな数のアルマジロ一族が？」

（アルマジロ6）「これでもぜんぜん足りないくらいさ」

（インタビュアー）「よっぽどたちの悪い相手なわけだ」

（アルマジロ7）「どっかに雇われてたんだけど、用済みになったたって話」

（インタビュアー）「雇われてた？　用心棒ってこと？」

（アルマジロ7）「じゃないかな」

（アルマジロ8）「名前は、なんとかかんとか239っていうんだ」

（インタビュアー、数字が出たのでメモを取って）「へえ。それで？」

（アルマジロ8）「で、そこからとんでもないものが洩れてるって」

（あたり一帯のアルマジロたちのあいだに、くすくす笑いのさざ波）

（インタビュアー、思わず鼻をぴくつかせて顔をしかめ）「そいつが表に出て行かないよう、防いでるってことか」

（その辺のアルマジロ一同）「当たり」

（インタビュアー）「誰がそんなもの、埋めたわけ？」

（アルマジロ5）「知らないな。だけど、金は払ったって言ってる」

（アルマジロ6）「ここしか埋めるとこがない、って話になったんだって」

（インタビュアー）「ふむむ。でも、どうしてまたこんなやり方で？」

（アルマジロ7）「洩れたやつがぼくらの甲にしみつく。で、それをあとでこすり落としにいくわけ」

（インタビュアー）「捨てにって、どこへ」

（アルマジロ9）「それが問題なんだ」

（インタビュアー）「海で洗い流すっていうのは？」

（アルマジロ8、9、同時に）「だめだめ」

（インタビュアー）「都合が悪い？」

（アルマジロ9）「海はまた雨になって、ここに戻ってくるんだ」

（インタビュアー）「ってことは、この辺がまた臭くなる――」

（アルマジロ1）「そういうこと。つまり、あたしたちの努力がくたびれ儲けってことになっちゃうの」

（インタビュアー、冗談めかして）「あとは空にでも放り投げるよりないよね。ロケットにでも積み込んで」

（アルマジロ４）「あんた、有名なことわざ知らないね」

（インタビュアー）「どんな？」

（アルマジロ４）「天に唾するとなんとかってさ」

（インタビュアー）「……だけど、始末の仕方も決まらないでねぇ」

（アルマジロ）「悠長なこと、言ってられないさ。たとえば、オオヤマネコに追っかけられたらどうする？　とにかく逃げなくちゃ。ほかのこと考えてられないよ」

（インタビュアー、独り言ぎみに）「とんだ災難だなぁ」

（アルマジロ９）「仕方ないよ。もう背負い込んじゃったんだから」

（インタビュアー）「政府じゃ協力してくれないのかな」

（アルマジロ９）「その逆さ、逆。当局は何だって、でかい集まりってものに反感を持ってるからね」

（インタビュアー）「地道な戦いだね」

（アルマジロ７）「そりゃ、アルマジロ一族の持ってる最大の武器は、忍耐力だから」

（インタビュアー）「にしても、どうして自分たちを犠牲に？」

（アルマジロ４）「だって、放っとくとスカンクのにおいが洩れるだろ。いつまでも消えないにおいがさ」

(アルマジロ5)「それが漂って、どこまで行くと思う?」

(インタビュアー)「町まで?」

(アルマジロ)「そうさ。で、人間は避難を始める」

(アルマジロ1)「そうなれば町は空っぽになるの」

(インタビュアー)「で?」

(アルマジロ1)「そうなったら、アリがいなくなっちゃうのよ」

(インタビュアー)「どうしてまた」

(アルマジロ6)「今日びのアリってやつは、人間の暮らしにくっついてて、砂糖しか食べないからさ。口がおごっちゃって」

(インタビュアー)「なるほど。そうなるとアルマジロ一族の食べものがなくなる」

(アルマジロ8)「そういうこと。ものごとはつながってるんだ」

(インタビュアー、目を回しながら、ため息まじりに)「なるほど。とにかくがんばって」

見渡すと、隙間なく地を埋めた無数のアルマジロたちは、てんでに地べたに引っくり返り始めている。丸っこい銀鼠色の背中が、白っぽい腹へとひらひら裏返っていく。

まもなく、三台のブルドーザと三〇台のダンプと三〇〇人の派遣人夫が動員される。

一月五日、二年越しの死んだふり、排除。

二月二三日、一週間の死んだふり、排除。

四月七日、二日間の死んだふり、排除。
四月二一日、死んだふり、即日排除。
四月二二日、死んだふりのための打合せ、蹴散らされる。

排除されたアルマジロたちは不穏な集会を開いたかどで有罪を言い渡され、三年間の労役か、競技場で一年間サッカーボールの代りを務めるか、という過酷な選択を迫られる。おおかたのアルマジロは、サッカーボールの身分に甘んじるのを選ぶ。蹴飛ばされる屈辱を身に刻みつけておこうとして。いつか再びめぐってくるだろう死んだふりの日のために。

けれど、この新たな受難の聖地めざしてはるばるやってくるアルマジロは、後を絶たない。アルマジロと当局の根比べだった。世話役アルマジロは、ギネスブック最新版のもう擦り切れかかったあるページを、バイブルみたいにうやうやしく示すのだ。そこには、コヨーテの一群に包囲されながら七昼夜のあいだ丸まり通した、ある英雄的アルマジロの記録が載っている。

「忍耐がぼくらの武器さ」と彼らは口を揃え、誇らしげに繰り返す。

（了）

〈『月刊ＭＯＥ』収載〉

エレファンタジア・メンバーズ・カード

〈エレファンタジア・メンバーズ・カード〉とくっきり黄金の刻印がされたカード。

いざってときには巨大なゾウが西方から飛来して、何もかも力任せに解決してくれる。加入者はただ、神々しいカードを振りかざせばいいだけさ。壮麗なBGM付きでやってきた巨ゾウは、悪しきものを完膚無きまでに踏みにじり、ぺちゃんこにして土に返してしまうだろう。記憶のひとかけらさえも残さずに。

でももう終わっちゃったんだ。そのシステムはおしまいになっちゃったんだよ。アルマジロなんか、べつに助けなくたっていいだろって。危難は丸くなってやりすごせばいい話だろって。えっ。有効期限なし、って書いてあるのに？　それ、いつまでも有効って意味じゃなくて、有効な時なんてない、ってことなんだ。詐欺っぽくて悪いけど。

アルマジロたちはそんなことを知らない。気づかないふりをしてるのかもしれない。相変わらず夕暮れどきになると蟻塚に這い登り、ぼんやりと西の方を眺めてみたりして暮らしてる。そのかぎづめに、てんでにメンバーズ・カードを握りしめて。

ほんとにどうにもならないときには、きっとゾウたちが音を立てて飛んできてくれる。そしてひどいやつらをまとめて退治してくれるんだ。

ボブキャットにおもちゃにされて転がされようと、コヨーテに背中でツメを研がれようと、希望さえあればつらいことをやり過ごしていける。カードには細かいひびが入って、だいぶん埃まみれになってるけれども。

アルマジロたち、ずっとこうしているつもりなのだ。あとたっぷり五六億七千万年くらいは。

（終）

アニマティカ・フランティカ

大ミミズクがねじを巻くようにして首をめぐらし、ムスリム過激派テロだの累積債務だの人権侵害だの覇権主義だの幼児虐待だの領土紛争だのハイパーインフレだの軍部独裁だの集団収賄だの絶対貧困だの、その他ありとあるごたごたを、嘴でもって無造作につまみ出した。さあさあ。もめごとはあとあと。大事な時間のあとにして。

バベルの塔さながらに屹立(きつりつ)する給水塔を中心に、自分たちだけの、傷だらけの連中だけのカーニヴァルがひっそりと幕を開ける。

ネズミ男にシマウマ女、まだらイタチに赤ウサギ。こっそり噛みつきあうヘラジカとトナカイ、大っぴらに舌絡めあうコモドドラゴンとギャラゴ。音を立てて火は燃えさかる。とうに絶滅した連中、ドードー、モア、フクロオオカミらのしめやかなパレード。うなだれるな、頭を上げよ。きみらだって役目を果たしたさ。年老いてがらがら声になった歌姫クロウタドリが賛歌を絞り出す。ワタリガラスどもは互いを叩き落とそうと、上空に渦を巻きながらいがみあっている。鬱血した空から黒雲がはらわた状に垂れ下がっている。

カーニヴァルの後では長々と苦難を忍ぶのが決まりごとだが、けものたちは違った意見だった。

お祭り騒ぎの果てに持ち来らされるものは何か？

天国に決まっている。

だって、カーニヴァルが、お祭り騒ぎこそが惨苦の種なんだから。暴発する悦びが、いつの間にか辛い苦渋に成り代るのだ。無秩序は艱難でなくて何なのか。混沌は小便臭い暗渠の中だけでたくさん。

ヒクイドリは低周波の嘆き節めいた響きの歌に合わせて、地べたに弧を描く。一歩歩いては二歩下がり、執拗にぐるぐるやってるうちに、それがおいおい聖なる場を用意していく。

天国を呼び出しますよ。天国が降りてきますよ。

ヒクイドリの呼ばわる声は、悲鳴混じりの喧騒に掻き消されんばかり。至高の秩序を体現する天国召喚が最大の演物であるはずだのに、それにしてはずいぶんと地味な所作だったので。

それでもヒクイドリは、自分の責務とばかり、喉が枯れ果てるまで呼び上げを続けた。

天国を呼び出しますよぅ。天国が降りてくるんですよぅ。

深夜、カーニヴァルたけなわの頃合だった。出し抜けにその天国が、しずしずと下賜されることになる。そう、けものたちのカーゴ・カルト信仰が今こそ報いられたのだ。出遅れた者たちの慌てふためいたファンファーレが鳴りわたる。一同のまんなかに降臨したのは、運動会の大玉転がしサイズの玉。急ごしらえのスポットライトを浴びて輝く純白の球体だ。

まばゆく光を照り返す球のまわりを、けものらがわらわらと取り巻く。オオアリクイがとりあえず気を利かし、羽箒仕様の尻尾であたりを掃き清める。供犠めいたカーニヴァルを延々見せつけることで、どうやら天国を動かし招来できたらしい！　このうえない僥倖（ぎょうこう）だ。

これが天国？　と戸惑い気味に頭をかきかき、カンガルーがつぶやく。

いいや、まさかね。と同調するテンレック。

そうだ、天国を喚び出す道具だろうさ。たぶんな。と用心深く一歩退いてハイエナ。

ちとなぶってみろよ。開くかもよ。と両耳を突っ立ててリカオン。

やってみようや。

けれど、けものどもがおそるおそる叩こうがいじろうが牙を立てようが舐めようが転がしてみようが、取りつく島もなかった。どだい、天国への鍵でもついてるどころか、何のとっかかりもありはしないのだ。完全無欠のすべすべの球体は、騒動の嵐の中に涼しい顔で鎮座しているばかり。

けものたちは口をあんぐり、ためつすがめつ。

いややはり天国そのものではないか、これは。とマンドリルが七色の顔を紅潮させながら断定する。見るからに秩序ってものを体現しているではないか。完璧な球体をなして。

するとそのとき、目ざといアイアイがすっとんきょうな声を上げる。

あらら。何か小さくなってきてないかしらん？

気がついてみれば、玉はいつしかビーチボール大ほどになっている。確かに見間違いではない。

縮んじゃってる。とミーアキャットが息を呑む。

ああ。そうかそうか。振り込まなきゃ知らん顔なんだよ。と訳知り顔のメガネザルが言いだす。

何を？

お金。天国に入るのにもいるんだよ、今日びは。

するとジャコウネコが思い出したふうにひげをひくつかせ、

逆料金制だぜ、天国って確か。

ていうと？

金がないほど即入れるって話だろ。

と、不意にこんな通告が、あたりを包む甘美な響きをもって中からやってきたのだ。

「入ることはかないません。今はだれも」

けものどもは顔を見合わせ、雷に打たれでもしたぐあいに静まり返る。

聞いた？　今の。とごつい鼻面をもたげながらカピバラ。

聞こえた。とうなずく眠たげなウォンバット。

やっぱりこれが、この中が天国なの？

そう言ってるみたいだな。

こんなにちっぽけなのに？

見た目はね。

試しにちょっと入ってみたいんだが、と居ずまいをただしたグリズリーが、天国球に向かってストレートに訊ねる。

「無理でしょうね。さすがにその図体では」とストレートな返答。

じゃあぼくは？　と次におっかなびっくりでハタリスがお伺いを立てる。

「あなたはあなたで、ちっぽけすぎますよ。なにせぴったりじゃないと」とやはり即答が返ってくる。

シンデレラの靴じゃあるまいし、とイボイノシシが鼻先をひくつかせ、癇癪を起こす。それじゃあだれも入れないじゃないか。

「そのとおりです。だれひとり入れはしませんよ。ぴったりな者などいはしないんですから」

思わず針を突っ立てたヤマアラシが、憤慨してこぼす。

だったら、なんでわざわざ降りてきたのさ。思わせぶりに。

「わたしが降臨しても、中に入れるとは限らないのです。わたしは、あなたがたのいるところが天国ではないということを、忘れてもらわないためにやってきたのです。いつもいつもね」

それを聞いて、クロサイがいっぺんに怒りに駆られた。額に二本の地溝帯みたいな黒い筋ができる。

ふざけるな。どういう言い草だ。

血の昇ったサイは角でもって玉を跳ね上げ、くるくると落ちてきたところを思うさま踏みつける。むろん球体は一ミリたりとも歪みはしない。

どうせけものはのけものなんだから、と、横目で眺めていたいかにもけものらしいナマケモノが、気だるげにこぼす。

そこへ満を持したていで、高々と頭を掲げたフタコブラクダが登場する。みな思わず気圧されて道を開ける。海を分けたモーゼ気取りで引きずってきたのは、年経たアナコンダほどもあろうかという黄金の縫い針だ。昔々、鋳物屋で特注しておいたのだ。いつか役立つ日も来るかと信じて。ラクダは頑として信念を曲げない気質だ。アフリカゾウに言って地べたに深々と突き刺させると、穴の部分だけが地上に。そこでラクダはあたり一帯を睥睨（へいげい）してから、おもむろにその穴をくぐり抜けてみせた。そうして満足げに口角を大きく上げて、

これで、たいがいの者が天国に入れるじゃろうて。道理なるものだわな。

けものどもは当惑する。そんなパフォーマンスで天国入りの保証が得られたとは思えないのだ。当のラクダだけは自信満々のようだけれども。

案の定、天国の球がこれに応えることはまるでなく、ラクダは頭を昂然ともたげたまま屈辱に唇を震わせることになった。

ボブキャットが背伸びをしながら匙を投げる。

だめだだめだ。放っとこう。こんな玉、天国なんかじゃないや。

そのときすでに、玉はバレーボール大にまで縮んでいる。

せっかくの天国が持て余し気味になってしまうとは。というわけで、夜も更けて静まり返っていた一角にも喧騒が戻りかけたところへ、今度は抜き打ちでクズリ警官隊がなだれ込んでくる。

諸君に次ぐ。不法占拠のかどで全員逮捕だ。

何の不法占拠？

天国のだ。罰としてわれわれの食糧になってもらおう。

クズリ警官たちは裁判官兼務で、自給自足なのだ。どこかの人民軍みたいに。天国降臨を鋭く嗅ぎつけてお出ましという事情。そこで、カーニヴァルをよそに泥の中を転げまわって痒みと戦っていたローリング・ヒポポタマスが、出番となる。右往左往する意地汚い者たちをたちまち蹴散らしてしまう。その重量でギネスブックものの転がるカバは、逃げ遅れた連中を軒並みぺちゃんこにして回る。

カバさんカバさん、もういいったら。大ミミズクがたしなめる。背中の痒みも取れたでしょ。それに、やたらに臭う敷物なんていりませんよ。

カーニヴァルの続きが始まる。マウンテンゴリラはレイヨウにのしかかり、ガゼルはチーターをしきりに甘噛みする。アミメキリンはジャコウネコの匂いをたっぷり嗅がされ、昏睡状態だ。すでにそっちこっちですすり泣きと号泣とが入り混じっている。

そうこうしているうち、天国球は今やテニスボール大にまでなっていた。それが再び口を開く。その柔らかなトーンにはけれど、高揚感が満ちている。

「さて、ご覧のとおりにわたしは縮んでいきます。まるで時限爆弾のようでしょう。謎をかけますよ。あなたがたはこれからわたしをどうするつもりでしょうか」

黄金色に艶めくベンガルトラが、けものを代表して答えた。

縮んでいって……ビー玉よりかちっぽけになっちゃうってことね。

「そうでしょうね」

そんなの見ていられないわ、とトラはこんなときでも優雅に尾を揺らす。

「でも、信じて待つのです。目覚しいことが到来するのですから」

カラカルが脇からしゃしゃり出て喚く。

ビー玉じゃ虫けらしか入れねえぞ。……いやそれどころか、最後には完全になくなっちまうんじゃねえか！　せっかく天国ってとこを覗けるチャンスが来たのに、そりゃねえぜ。

そうね、どうにか食い止めないと。とベンガルトラは濃い縞を浮き立たせるようにして宣言した。

食い止める、という点で、けものらは——稀なことに——怒濤のように一致した。

でもどうやって？　とオポッサムが目をしばたたく。

身じろぎしたマレーバクが、何となしのアイディアをぼんやりと述べる。

とりあえず、埋めたらどうだろ。

土の下にか。ちと単純すぎないか？　とは懐疑的なフェネック。

けれど侃々諤々の議論のすえに、バクの直感頼みということになる。いったいほかにどうしようがあろう。夢喰い屋の直感はけっこう当たるのだし。

モグラ一族郎党総動員の一〇〇〇匹ばかりが、誇りを持ってこの役目を引き受けた。生真面目一方なモグラたちは、できる限り地の底深くに玉を埋めることにした。柩を埋葬するみたいにして。なにしろ天国のこと、埋蔵するには極上の場所が必要だ。そのへんの穴ぼこに放り込んでは不敬千万というもの。最も清浄で、最も美しく、最も居心地のいい立派な質の土でないと。モグラ・パラノイアたちは猛烈な勢いで掘削作業を始めたが、最初に地下に引きずり込まれる際、天国球はこう洩らした。

「地獄の斥力で、わたしの縮む力が減殺されてしまうのですよ」

どうしろというのか。もぐらたちはその声を恭しく無視して、ひたすら作業に邁進し続けた。地の奥に運ばれるにつれ首尾よく縮みは遅まり、天国はついにモグラが扱うのにちょうどいいピンポン玉のサイズで縮小をやめた。けものどもが苦しげに呻きながらも、とりあえず混沌のカーニヴァルの続きに興じているあいだ、狂ったみたいに地べたを掘り返していき、とうとううってつけの土質の場所に玉を埋め込んだ。たぶんモグラ一族の到達しうる最も深く、地獄に近い場所。いつの日か、にわかに球が拡張に転じることに勘づいたなら、取り出そう。それまでは位置だけを、覚えておこう。そこで去り際にモグラたちは、再び天国の声を耳にした。

「すばらしいことが起こって、究極のギフトがもたらされるはずでした。ことごとくに至高の秩序が」

そしてピンポン玉の天国は、それきり沈黙したという。

埋蔵のあとでその報告を聞いたけものたちは、てんでに歯噛みした。

天国め、いったい何の話だ。土に埋めなきゃよかったたってか。とジャッカル。

罠だったたってことか。解せないな。とピューマ。

と、ボノボが目を上げた。

ははあん。わかったぞ。どんどん小さくなっていってついには消える。消え果てるってことは、境界がなくなるってことさ。天国とこの地上の。で、この地上に天国が解放されて、あらゆるところが天国になる手筈だったんだ！　そうだ……ぼくたち、試されたんだよ。

つまり、つまり――。

ボノボは溜息混じりにうなずいた。

ほんとにただ見守ってりゃよかった、ってことなんだ。

なんてこと。沈黙が凍りつく。

ライオンがたてがみを震わせ、一帯にとどろくような唸り声を上げた。

もう一度掘り出すんだ。間に合うかもしれん。

カーニヴァルにくたびれ果てたけものどもは、同じく疲労困憊のモグラたちに、一斉に鋭い視線を送る。

重責を担ったモグラたちの間に、恐慌が津波のように押し寄せた。まったくのところ記憶力に長けてはいないのに、記憶係とはまあ荷が勝ちすぎる。狼狽したモグラたちはただちに、てんでんばらばらに掘削作業を始めた。まだ事態に感づいていない何匹かのけものどもが躍起になってサーカスに興じているあいだ、全力で掘り返した。地べたの下という下を探索。

けれど、玉は二度と見つからなかった。

それどころか、やがて鬆（す）だらけになった大地は沈下しだし、世界は気分が悪くなるくらいかしいでしまった。首をかしげた大ミミズクもいっときバランスを失い、曖昧に羽ばたいた。

まあまあ。せっかくの宝物みたいな時間が、とうとう終わってしまうのねぇ。

ほどなく、皺の寄った虚空に重機関車めいた音がこだました。それを合図にしたように大地は本格的な沈降を始め、やがてありとあるものをその中心部へ、地獄の方向へと引き込んでしまう。肝心かなめの天国のありかさえ、皆目わからなくなった。

しばらくすると、難破船から脱出するようにいち早く塔の上部に逃げていたカヤネズミが二匹、言葉を交わしていた。石鹸のあぶくが壊れる程度の声なのでだれにも聞き取れなかったし、たいがいのけものはもう地に呑み込まれて姿を消してしまっていたが。

ねえ。だけど、どこでも天国っていうけどさ、それってどこでも地獄と変わんなくない？

そっか。区別がつかないもんね。

結局、ただの空騒ぎだったんだねぇ。

倒れんばかりに傾いた給水塔が寝小便みたいに水を漏らしている。そのてっぺんの大ミミズクが途方に暮れたふうに、ねじの巻きを戻すようにして首をめぐらした。夜明けの気配が、擦り傷の血さながらにあたりににじみ出している。

（了）

II

ぞうのかんづめ

「ええと……できるだけ長持ちするやつ……」

ぶつぶつつぶやきながら、体育館みたいに広い、かんづめ店のなかを歩き回っているのは、たんけん家です。これから、ジャングルの奥ふかくまで、たんけんに出かけるのです。

「ああ、そうだ。あれを買っていこう」

じきにたんけん家が決めたのは、店の品物のうちでいちばん大きな、ぞうのかんづめでした。


ごろごろ、ごろごろ、たんけん家はかんづめをころがしながら、ジャングルのふちまでやってきました。

きこきこ、きこきこ、三時間かかってかんづめをあけると、なかにはぞうが、じっときゅうくつそうに、つまっていました。たんけん家はなかに両手をつっこむと、ぞうのはな先をつかんで、思いきりひっぱりました。

すぽん！ とはながかんの外に出ると、ぞうはぎゅっぎゅっとみうごきして、前足を出し、どうたいを出し、さいごに後足としっぽを出して、かんの外に立ったのです。

そばには、白い服をきた人が、うでぐみをしています。ぞうは、(あいさつをしたほうが、いいかな)と思って、大きくはなをふってみせました。

「ほう。なかなか元気なぞうだ」と、たんけん家はうれしそうにいいました。「わたしがきみを、かんのなかから出してあげたんだよ。わかるかね?」

ぞうは、わかる、というしるしに、またはなをふりました。暗くてせまい、かんのなかから出られたので、(とてもよかった)と思ったのです。

「よろしい。ではこれから、われわれはたんけんに出かける」

たんけん家は、長いひもでもって、空っぽになったかんと、ぞうのしっぽとをむすびつけました。

「あとで、なにかの役に立つかもしれんからね」

たんけん家をせなかにのせ、大きなあきかんをひっぱって、ぞうは歩きだしました。

夕方になりました。ただでさえうす暗いジャングルは、すっぽりとやみのなか。

「さて」と、せなかのたんけん家が、話しかけました。「夕ごはんのことだがね。きみはそのへんの、草を食べる。……だが、わたしは食料を持ってないんだ。そしてわたしはきみを、暗くてせまいところから、出してやった。恩人、といってもいい。……だから、わかるね?」

ぞうは、いったいなにが「わかるね?」なのか、よくわかりませんでしたが、とりあえず、うなずきました。たんけん家が、自分をかんから出してくれたことは、たしかでしたから。

「ありがとう」とたんけん家は満足そうにいうと、ぞうのせなかから下り、木をいくらか切ってきて、火をたきました。それから、折りたたみナイフの小さいほうの刃をぱちんと出して、あっというまに、ぞうのしっぽをちょきん！

「しっぽなんて、むだなものだよ。そうだね？」といいながら、たんけん家は、たき火であぶったしっぽを、むしゃむしゃ食べてしまいました。そのあとで、あきかんをひっぱるひもを、なくなったしっぽのつけねに、ゆわえつけました。

（しっぽは、いらない……）

ぞうはそう思ってみて、上を見あげました。あたりをとりまく黒い木々や、自分よりせの高い草のせいで、星も見えませんでした。

つぎの日も、ジャングルの奥へ奥へと、ふたりは進んでいきます。

夕方になって、たんけん家はせなかから下りると、こんなふうにいいました。

「きみはやっぱり、そのへんの草を食べる。そしてわたしは、きみを助け出した、恩人なんだからね。いいかい？」

今度は、大きいほうのナイフの刃を出して、ぞうの右の耳をすぱりすぱり。

「耳なんか、必要ない」

そういいながら、たんけん家は火をたくと、ぶあつい旗みたいなやつを、はしっこからむしゃむしゃ、食べてしまいました。

(耳は、いらない……かもしれないな)と、ぞうは思ってみましたが、なんだかさむざむしいのです。いつもぱたぱたうごかせるものが、なくなったんですから。

あんまりしあわせそうではないぞうの様子を、たんけん家はしばらくながめていましたが、

「そうそう。こいつが役に立つぞ」

あきかんのよこをきしきし、四角いかたちに切りとると、耳のあったところにくっつけました。

「どうだ。いいぐあいになったかい?」

ブリキの耳をうごかしてみると——やっぱり、さむざむしい気がするのは、かわりません。けれどもぞうは、えんりょぶかく、うなずきました。(恩人ていうのは、ぞうなんかが「いいえ」といえないような、とてもとてもえらい人なんだ)と、思ったからです。

そのまた、次の日。ますます奥ふかく、ふたりは進んでいきます。

夕方になって、たんけん家は、かんをきこきこ切りとり、丸くて太い、つつみたいなものを作りました。

「さて」と、たんけん家は、ぞうのほうをじろじろ見ながら、「きみは、そのへんの草。そしてわたしは、きみの恩人」

そういうと、大きいナイフでもって、ぞうの後足を、すぱぁん!——そしてすばやく、かんから作ったつつを、くっつけたのです。

「かんがまた、役に立ったな」と、たんけん家はひどく満足したようすで、にこにこ顔です。

「これでじゅうぶん、後足になる」

ぞうはこわごわ、足ぶみしてみました。なんだかぐらぐらして、あぶなっかしい感じです。でもぞうは、(これで十分……じゃないけれど、この人はなにしろ、恩人なんだ)と考えて、おとなしく立っていました。

こんなふうにして、次の日にはもう一方の後足が、その次の日には前足が、そのまた次の日にはもう一方の前足が、ブリキの足にかわったのです。

ぞうは、足をかたんかたんならして、ころばないように気をつけながら、歩いていきました。

がさがさ、草をかきわける音。向こうからだれかがやってきます。

「やあ!」とたんけん家はぞうの上で、声をあげました。

「こんなとこで、会うとはね」

「やあやあ、ひさしぶり。元気だったかい」

ぐうぜんに出会ったのは、三人の別のたんけん家たちでした。四人は、知りあいでした。

そしてその晩、ぞうのどうたいはステーキになって、四人のたんけん家のおなかは、はちきれそうなくらい、いっぱいになったのです。

今はぞうのからだは、すっかりブリキのかたまりでした。もうあきかんは、ありません。(ぼくは、かんづめだったんだし)と、ぞうは自分をなぐさめました。(この人は恩人だ)歩くごとに、あちこちがぎしぎし、きいきいいうので、上のたんけん家はめいわく顔をしています。

夕方が来ると、たんけん家はもう、なにもいわないで、いきなり、ぞうのはなをすっぱり。(ああ。これは、こまった)と、ぞうは思いました。ぞうはその長いはなをつかって、食べものを口にはこぶのです。はながないと、草も食べられません。

「心配するな」と、たんけん家は火をたきながら、ふきげんそうにいいました。「草は、この手で食べさしてやるから」

ところが、この約束は守られませんでした。ぞうは、とてもたくさん食べなくてはならないので、たんけん家はすっかりくたびれて、次の日からは、なにも食べさせてくれないのです。

(おなかがへった……もううごけない……ぼく死んじゃうんだ……ああ)

ぞうはとうとう、たおれました。せなかからころがり落ちて、腰を打ったたんけん家ははらを立て、けとばしました。もううごかない、ぞうのからだを。

ブリキのへこむ音がしました。

さて、あくる日。

たんけん家は、おしりがむずむずして、たまらなくなったのです。さわってみると、

「おかしい。なにか出てきたぞ」

そのうちに、でっぱりはどんどんひどくなって、うまく歩けないくらいになってきました。

そのうえ、耳が熱くなって、なんだか、たれ下がってくるような気がするのです。

それにまた、うでが鉄みたいに重たくなってきたので、思わず、両手を地べたについてしまいました。

ところが、よつんばいになると今度は、ぷちぷち、びりびり、へんな音が。

「あっ」たんけん家は、たいへんなことに気づきました。「からだがふくれて……服がやぶれる！」

はなにさわってみると、そこにあったのは、太い太いホースみたいな――。


そのままのかっこうで、たんけん家は、走りに走りました。

何日たったか、わかりません。とつぜん目の前が、ぱっと明るくなりました。ジャングルの外の、まぶしい草原に出ていたのです。向こうに、山みたいに大きなトラックが見えます。そばに、ちらほらと人も立っています。

「助けてくれぇ」

むちゅうでさけびましたが、口から出てきたのは、「パオオオウ」というさけび声。

人のいるほうへとよろめき走っていくと、きこえてきたのは、こんなことばです。

「おや、ぞうがやってくるじゃないか。これはいい。じゅんびにかかれ」

トラックは、かんづめ工場へ行く車でした。

（おわり）

〈第5回 日産 童話と絵本のグランプリ大賞受賞作〉

シロクマ一同のおくりもの

シロクマと文通してるアルマジロたちは、こないだ、うまいことを思いつきました。じゃまっけなサボテン。あっちこっちに生えて、ときどき鼻先をぶつけそうになる、そのサボテンというサボテンをひっこぬいて、シロクマあてに送ったのです。

「きっと、こんなめずらしいもの、北極にはないだろね」

「シロクマくん、どんな顔するかな」

「それにしても、せいせいするね。とげとげがないっていうのは」

アルマジロたちは、サボテンのすっかりなくなってがらんとした中で、たがいにうなずきあいました。

送ったサボテンのことなんか、忘れたころになって、小づつみがとどきました。シロクマからの、お返しです。うす茶のぶあつい油紙でていねいにくるんだ、ビルみたいにでっかい、小づつみ。くびがいたくなるくらい上をむいても、てっぺんが見えません。

「北極アリ、十年分かな（ああ、好きなもの）」

「それとも、北極シロアリ、百年分（なんてったって、大好物）」

「さもなきゃ、北極ミミズ、千年分（ほんとにもう、よだれが出そう）」

こんなふうに話しながら、かぎづめでもって、小づつみのかべを、よじのぼりはじめました。まるで、冷ぞうこほどもある角ざとうにむらがる、アリのよう。アルマジロたちは、あっちでもこっちでも、くわえたひもをひっぱって、つつみをほどきにかかりました。

と、じき、小づつみのかべに一本、ひびが入りはじめたのです。ひびは上からはじまって、太いマジックでせんをひくみたいに、下へむかってのびていきます。そのひびに足をとられて、何びきかのアルマジロが、地べたにぱらぱら、おっこちました。

次のしゅんかんです。

てっぺんから底まで、まっぷたつにさけた小づつみから、どどっと吹きだしてきたのは、雪と氷の大あらし。びっくりしたアルマジロたちは、いっせいに、からだをまるめました。吹雪がごうんごうん吹きあれるなか、くずれる小づつみの斜面を、アルマジロのボールたちは、ころがりおちていきました。

いつおわるかも知れなかったあらしが、ようやくしずまりました。あたり一面、目のいたくなるほどまぶしい、しずまりかえった世界。

まっ白な地べたの上に、一まいの紙きれが、くたびれたちょうちょみたいに、まいおりました。そこには、こんなふうにかいてありました。

「とってもめずらしいもの、ほんとにありがと。こっちにはなんにも、めずらしいものがありません。それで、ほんものの冬をおくります。きみたちのとこは、とってもあついと思うから。みんなで、たのしんでください。――シロクマ一同より」

けれど、この手紙を読んだアルマジロは、いませんでした。だれもかれものこらず、雪の下にまんまるくなったまま、こおりついてしまったんですから。

そんなわけで、春がくるまで、このおはなしのつづきは、できません。

（おわり）

〈『いちごえほん』収載〉

アルマジロ手帳

最初にアルマジロが訪問したのは、アナグマのところでした。

「こんちは。アルマジロだけど」穴の入り口からなかに向かって呼びかけると、

「何の用だい」あくびまじりの、少しばかりぶっきらぼうな声が。

「ちょっと、相談があったもんだから」

「じゃ、しばらく待っててくれるかい。爪の手入れを済ましちゃうから」

何もかも褐色に焦がしてしまおうとでもいうような季節がやっと終わりかけた、おだやかな口和です。アルマジロは首から紐でかけてある、鉛筆つきの手帳に目をやりました。

やがて伸びをしながら出てきたアナグマは、

「いったい、何の相談？」

「これ、見てみてよ」とアルマジロは、手帳をアナグマに渡します。

アナグマはぱらぱらとめくりました。

「○だの×だのが、並んでる」

そう、手帳の最初のページには、○が書いてありました。次のページにも○。その次は×。そ

のまた次は△、というふうに、一ページごとに、三種類の記号がしるしてあるのです。

「幸福度が低下してる」とアルマジロは、胃がもたれてるみたいな声を出しました。

「何が何してるって？」

アルマジロは、重々しい声で言いなおしました。

「幸せが、なくなりかけてるんだ」

びっくりしたアナグマは、まるで自分の幸せがなくならないよう見張っておかなくちゃ、とでもいうように、あたりを見回しました。

「それ、何か大事なものかい」ちょっとびくびく顔で、アナグマ。

「ああ。幸せくらい大切なものはないね」とアルマジロは言い、心のなかで、こうつけ加えたのです。（ま、どうせきみみたいな鈍感なやつには、関係ないだろうけど）

「とにかく」アルマジロは説明を始めました。「こないだからぼくは毎日、しるしをつけてるんだ。その日が全体としていい日だったら、○。よくも悪くもなかったら、△。あんまりよくなかったら、×。っていうふうに」

「すごくきちょうめんだ」アナグマは感心して言いました。

「それこそ現代社会における美徳ってものなんだ」

難しいことばに口をつぐんだアナグマに、アルマジロはかまわず説明を続けました。

「今までのとこ、数えてみると、○が九個、△が一三個、×が七個になってる。ところがだ。このところ×の追い上げが激しくて、そのうち○が×に追い越されそうなんだよ」

「もし、そうなったら？」アナグマはどきどきしながらたずねました。

「もし、そうなったら？」とアルマジロはそっくりアナグマの口真似をして、「決まってるじゃないか！　幸せでなくなっちゃうんだ！」

これを聞くとアナグマは、すっかり不安にとりつかれて、そわそわしだしたのです。幸せってものをなくなさないように、うんと注意しなくちゃなりません。

「あの。ぼくはどうなんだろ」

アルマジロはもうすっかり尊大な口調になると、

「よし、調べてあげるよ。きみ、おとといはいいことがあったかい？」

「おととい……ええと、覚えてないや」

「思い出せないようじゃ、△だな。じゃ、きのうは？」

アナグマは何かいいことがあったか、熱心に思い浮かべようとして、

「きのうは……ええと……あ、そうだ。いいお天気だったから、長いこと昼寝してた。とっても気持がよかったんだ」

「だめだめ。そんなんじゃ、○をつけるわけにはいかないよ。ま、△だね」

「△」と、がっかりしたアナグマはオウム返しにしました。

「それで、今日は？」

「今日は……」アナグマはもごもご言いながら、丸太んぼうみたいに太い右手の先のかぎづめを、思わず左手でかばうようにしました。

「あ。見してみなよ」

目ざとくそれを見つけたアルマジロは、アナグマの左手をさっとのけました。

「あーあ。けがしてるじゃないか」

アナグマは、済まなそうにうなだれました。右手のつめの付け根から、血がにじんでいるのです。ほんの少し、よく見ないと気づかないほどなんですが。

アナグマはおどおどしながらも、懸命に、

「さっき土を掘ってたとき、石くれにひっかけたんだよ。土トカゲを見つけようとしてさ。でも、たいしたことないんだ。ほら。痛くないし」

言いながら、かぎづめをかしゃかしゃ鳴らしてみせました。

「弁解したってだめさ」と厳しい口調のアルマジロ。「隠したりしちゃね。自分に正直じゃないと、ほんとの幸福度なんてはかれっこないよ。じゃ、今日は×、と」

いっとき、沈黙が垂れこめました。アナグマはもうこのまま穴のなかに引っこんで寝てしまおうか、といっとき考えましたが、やっぱり訊ねてみないではいられません。

「……で、あのさ、どうなんだい。ぼくの幸せ」

「いいかい」アルマジロは難しい顔になって、「おとといは△だった。きのうも△。そして今日は×。ってことは……」

「……ってことは？」

「今きみは、幸せじゃないってことなんだ。はっきり言って」

この宣告を聞いたアナグマは、心底打ちひしがれてしまいました。自分は幸せじゃないのです。今そのことがわかったのです。さっきまではちょっとばかりつめをけがしたけれど、のんびり、ゆったりしていたのに。あたりの空気は暗く重苦しくよどんで、なんだか急に、傷ついたかぎづめがじんじんと痛みだすようでした。おまけに、頭まで痛くなってくるよう。

「じゃ、せいぜい元気を出して」

これ以上いても意味がないと思ったアルマジロは、そう言い残すと、誰かこの大問題を解決してくれそうな知恵者を探しに出かけました。

アルマジロを見送ったアナグマは、世界に自分ほど不幸せなアナグマはいないって気になると、のろのろと巣穴の奥に入りこみ、もう二度と外には出るまいと決心して、うずくまったのです。

（でも）とアナグマは自分を慰めました。（ぼくはかしこくなったんだ。幸せの度合いをはかるやり方が、わかったんだし）

さて、アルマジロが次に出会ったのは、スカンク。

「やあやあ。アルマジロくん！」スカンクはいつものように、頭のてっぺんから陽気な声を出しました。「これからキノコ、取りにいくんだ。一緒に行こうぜ」

「そんな気になれないんだ、今は」

「どうしたっていうんだい、浮かない顔してさ」

「じつは、幸せのことで、さ」とアルマジロは手帳を見せ、さっきのように説明を始めます。

手帳をめくってみたスカンクは、

「ふむむ。こりゃ独特だ」とうなりながら、アルマジロの丸っこい背中をぽんぽん叩きました。

「『アルマジロ手帳』って名づけようや。きみが考えだしたんだから」

ほめられたアルマジロは、ちょっとばかり気を取りなおし、憂鬱の理由をすっかり話して聞かせました。

「なぁるほど」スカンクは羽箒(はぼうき)みたいな尻尾をぴんと突っ立て、「じゃ、これからキノコを取りにいこう。きっといいことがあるぞ。おっきな◯がつけられるような」

「そうかなぁ」

「だいじょぶだいじょぶ。まかしときなって」

スカンクは自信満々、先に立って歩き始めました。

ぼそぼそした灌木の茂みを越えて、じきふたりがたどり着いたのは、湿っぽいにおいのするあたり一面に黄色いキノコが生えている、秘密めいた場所でした。

スカンクの耳ときたら、興奮のあまりぴくぴく動いています。

「どうだい。ぜんぶキノコだぜ。すごいだろ」

アルマジロは、手近の一本をかじってみました。それからいっとき、輪ゴムでもかむみたいにもぐもぐやっていましたが、やがて飲みこむと、こんな感想を述べました。

「あんまり、うまくはないね」

「うまかないけどね」と手当たり次第に口に詰めこみながら、スカンク。「食べるとさ、妙にいい気分になるんだ」

「へええ」アルマジロも別のを口に入れてみながら、「毒キノコじゃないのかな。もしかして」

「だいじょぶだいじょぶ。心配ないって」

ふたりはしばらくのあいだ黙って、食べ続けました。

なんだか変な気分です。気がつくと、アルマジロはいつのまにか、演説を始めていました。

「……だって、過去は変えられないんだ。キノコなんか食べたって、どんなにしたって、もうぼくの過去は不幸せって決まったのに。過去が背中にずっしりとのしかかってくるんだよ。ああ。重いったら」

見るとアルマジロは、地べたに仰向けになって首を振っているのです。

この不幸な連れのなげきを聞いているうちに、しゃんとなっていたスカンクの尻尾も、花がしおれるみたいにのろのろと降りてきました。

「なんだかすごく、気が滅入ってきたぞ」スカンクはしまいに、びっくりして言いました。「どうしようどうしよう」

「そこが、ぼくも困ってるとこなんだ」とアルマジロ。

スカンクは、以前ひどいカゼをひいて外に出られなかったときのように、まるで地の底にめりこんでいくみたいな気分です。

「ほんとにどうしよう」

「どうしようったって、ぼくたち、幸せじゃないんだ。そういうことなんだ」

アルマジロはきっぱりと断言しました。

ふたりは顔を見合わせ、キノコの絨毯の上にへたりこんでため息のつきっこをしていましたが、いつまでもそうしているわけにはいきません。やがて立ち上がると、黙りこくったまま、お葬式にでも出かけるみたいな足取りで、道を戻り始めました。

こんなふうにしてアルマジロは一日、あっちにもこっちにも不幸せを振りまいて歩いていたのです。

さて、スカンクと別れ、日もすっかり傾いたころ、くたびれ果てた戻る途中のこと。

「おい、アルマジロ」

オークの樹の下を通りかかったとき、誰かが呼びかけました。その声に上を向くと、アルマジロはおそろしい相手を発見したのです。で、びくっと飛びあがり、転がるようにしてからだを丸めました。相手はボブキャットでした。獰猛(どうもう)でしかも冗談好きなオオヤマネコの親戚。夕飯の済んだあとで、樹の枝に悠然と腹ばいになって腕をなめなめ、下界を眺めていたところ。

「ううぅ、うわぅ」と樹上の敵は、地べたのびりびり震えるようなうなり声を浴びせかけてきます。

(助けて助けて!)一個の球になったアルマジロは、一心に祈りました。

「心配すんな。ふざけただけだよ」ボブキャットは、不意にごろごろ声を出しました。「夕飯は終わったんだから。それにだいいち、おめえなんか食ったって、うまくも何ともねえや」

ほっとしたアルマジロは、用心深くからだの巻きをほどきながら、ぶつぶつこぼしました。

「あーあ。今日は×をつけなくちゃ。最後ってときに、こんなこわい目にあっちゃったんだから」

「何をぼやいてんだ」

「いえ何でも」

ボブキャットはそのとき、手帳が目に入ったのです。

「おめえ、その首にかけてるのは何だ？」

「ああ。これは『アルマジロ手帳』ですけど」

「何だそりゃ」

ここで逃げだしたりすると、相手はおもしろがって樹を飛び下り、追いかけてくるに違いありません。そういうことが大好きなたちなのです。以前、丸まったアルマジロは、二匹のボブキャットのサッカーに使われたことだってあったくらいです。あのときは、飽きあきしたネコどもが別の楽しみを見つけて行ってしまうまで、生きた心地もしなかったのです。で、アルマジロはこれまでのいきさつを説明することにしました——

話が終わると樹の上の相手は、

「ふぅん。で、今日は×をつけるってわけかい」

「ああ。ええ……まあ」アルマジロはいっときためらい、うなずきました。

「だけどよ、もしおれに食われてたらどうする？　しるしどころの騒ぎじゃねえぞ」

「そりゃ、そうですけど」とアルマジロは認めました。

「命が助かったんだから、〇をつけとけよ。そうだろ？」

アルマジロは口をつぐんだままでいました。ボブキャットはそれにかまわず、

「そういえばこないだ、おばけサボテンのとこで何があったか、知ってるか？」

おばけサボテンというのは、空に向かってどこまでも伸びている、この辺でいちばん背丈の高いサボテンです。アルマジロは首を振りました。

「あすこのてっぺんまで、人間と犬どもに追いつめられたんだ」

「あの、誰が」

「おれがだよ」

「どうしてまた」

「面白半分てやつさ。ハンティングともいうがな」

「そりゃ、ひどい」

「だろ？　で、おれはあんな高みから命がけでジャンプして、連中の頭を跳びこえて、どうにか帰ってきたってわけよ。鉄砲が火を吹く前にな」

相手の話にアルマジロは、まるで自分がその冒険の主人公だったみたいな気になって、身震いしました。と——

「だからよ」決めつけるような口調で、ボブキャット。「おめえは今日は、幸せだったんだ。いいな？」

「……ぼくが？」

「そうだ。幸せだったってことにしとくんだよ」

「きょ、脅迫されたって、ぼく……」

「じゃ、いっぺん食われてみるか？」

「いえけっこう」とアルマジロは、消え入るような声を出しました。

「○をつけるのかつけねえのか」腰を浮かせ、悪魔もたじろぐような声を出すボブキャット。

「つ、つけることに、します」

「よぅし。なら行っていいぞ」

相手はまた、樹の上に坐りなおします。背中を丸めたアルマジロはもう後も見ずに、逃げだしました。

「ふわぁぁ。あいつをからかうと、いい退屈しのぎになるな」あくび混じりにつぶやいたボブキャットは、落ちかかった夕陽に照らされながら、寝息を立て始めました。

さて、果てしない憂鬱を背負いこんだまま巣穴のそばまでやってきたアルマジロは、ほの暗いなか、何かが動いているのを見つけたのです。

「何してるんだい、こんなとこで」

そこにいたのは、ちっぽけなジリスでした。

「シイの実を集めようと思って」とジリスは遠慮深い調子で答えました。

「そうかい。がんばりなよ、せいぜい」そう言いながら巣穴に入りかけるアルマジロ。ジリスは思わず声をかけました。

「いったい、どうしたの」

だっていつもなら、気難しい文句のひとつやふたつ、言うはずなのに。このあたりで実なんか集めるんじゃない、とかなんとか。

「悩んでるんだ」アルマジロは振り返り、眉間に深い谷間みたいなしわを寄せました。「きみなんかに言ったってしょうがないよ。ま、きみだってもうちょっとオトナになったら、わかってくるかもしれないけどね」

けれど結局、アルマジロは幸せのはかり方について説明してやったのです。そう、行きあう者にひとり残らずこの辛い秘密を教えてやるんだ、と少々意地悪な気分になったもので。

「じゃ、○がいちばんいいんだっけ」と、話を聞き終えたジリスは、羽箒みたいなしっぽを揺らし揺らし、訊ねました。

「あったりまえじゃないか」

「次が、△？」

「そうだよ」

「最後が×」

「そう」

「あの、もしかして、そのしるしを一段ずつ、変えたらどうだろ。違うかもしれないけど」

「しるしを変える？　どうやって」ばかにしたようにアルマジロ。

「あのさ、たとえば、○を◎にするの。△は○に。それから、×を△に。おかしいかもしれないんだけど」

「おかしいに決まってる！　何を言ってるんだろね」

「でも、ちょっとそのままやってみて。もしかして、だめかもしれないけどさ」

「ふんふん。ま、いいか。そうなると――」

アルマジロは計算してみました。そんなふうにすると、今までのしるしは、◎が九個、○が一三個、△七個ということになるのです。すると×が、つまり不幸せが、きれいさっぱりなくなったじゃありませんか。

「◎が九個に、○が一三個」信じられないように、アルマジロはつぶやきました。「合わせて幸せが二二個！」

「おまけに、不幸はなし。たぶん」と、ジリスが控えめにつけ加えました。

ああ、めまいがするようです。うっとりとなったアルマジロの目に、じんわりと涙がにじんできました。アルマジロは、シイの実より小さいジリスの両手を握りしめました。

「魔法みたいだ。ありがとうジリスくん。ああ」

すっかりやさしい気持に満たされたアルマジロは、この夢みたいな方法を、ふさぎこんでるアナグマやスカンクにも知らせてやるために、小走りに駆けだしました。

こうしてアルマジロは、以前とおんなじ暮らしを取り戻したのです。

翌朝早くアルマジロは、はるばる人間の道のついているところまで出かけていきました。もとはといえば、そこで手帳を拾ったのです。そしてアルマジロは、道のふちにからだがすっぽり隠れるほどの穴を掘ると、二度と掘り返せないくらいの深みに、『アルマジロ手帳』を埋めました。

（おわり）

〈第七回 アンデルセンのメルヘン大賞優秀賞受賞作〉

III

ライヴ・イン・四七七一 ハイパーシャッフルシアター

地上

「どうしてもおめえを食わねえとな」とコヨーテは呟きました。「何しろ、死ななくなるって話だからな」

相手は、載っかるだけ重しを載せられていたみたいな、いびつな形の球でした。きめの粗い紙やすりでざっと磨かれた具合に鈍く光り、コヨーテの顔をぼんやり歪めて映し出しています。大きさはといえばビーチボールほどで、このだだっ広い、のっぺりした平原の中でたった一つ目に留まった、丸っこい物体でした。あたりは、沈没前にネズミ一族が引き払ってしまった難破船さながらにがらんとして、触れると崩れそうなほどに乾いています。群れからはぐれたらしいコヨーテは、ひび割れに覆われた地上を、もう肉球が擦り切れそうなくらい歩いてきていました。

そのアルマジロふうの球体は、身じろぎもしないで眠りこけている様子です。もくろみを果たすにはまず、巻きをほどかなくちゃなりません。コヨーテはアーモンド型の目玉を柘榴石（ざくろいし）のように光らせました。

「おい」とコヨーテは相手の頭のあたりに声をかけてみました。相手はぴくりとも動きません。

それから、爪先で軽く小突いてみましたが、同じこと。

「爆睡中ときた」

風はますます冷たさを増してきたようです。空は淀んだ乳白色で、端がオパールめいたグラデーションでもって青みがかっています。縁のあたりを咬んでそのまま、空をめくれそうな気がするほど。ココーテは、そんなことにはお構いなしに、屈むとアルマジロの体に前足をかけました。ひんやりした感触ですが、分厚い甲の下の体温がほのかに伝わってくるようです。けれどアルマジロ球には、動き出す気配もありません。

そこでココーテは、アルマジロの埋まっている周りの土を掘り起こしにかかりました。大した手間もなく、アルマジロはあっけなく転がり出ました。アルマジロではなしに、アルマジロ模様のビーチボールのように。

「見かけより軽いわな」

ところが、アルマジロの眠っていたところには、ちょうどアルマジロのサイズの丸い穴が口を開けているのです。ココーテはすかさず覗き込みましたが、目に入ったのは鉄錆色の丸板だけでした。それが穴の縁のすぐ下に嵌（はま）っていて、視野を塞いでいるのでした。

「何だこいつは。いったいどうなってやがる」

板の周りからはかすかに生温かい空気が立ち昇ってきて、顔を撫でていきます。首筋が縮み上がるような顔をして、ココーテは大急ぎでアルマジロを蹴ると、穴の上に嵌め直しました。けれども、今度はどうずらしてみても隙間が覗いて、ぴったりとは嵌らないのです。しまいには、最初からきっちり嵌っていたのかどうかさえ、はっきりしなくなってしまったようでした。

「いびつな野郎だ」

そのときです。

「腹減った」という声がしました。どうやら、アルマジロが目覚めたようです。丸まったままなので、その声はひどく内にこもっています。アルマジロはけっこうな早口で要求しました。

「誰かいるんなら、何か食べさしとくれ」

「何をだよ」

「クロアリミルフィーユ。アカアリのトッピングも」

「そんなもんねえよ。それよりおめえさん、アルマジロだよな？」とコヨーテは用心深い口調で確かめます。

「アルマジロね。そうかもしれないし、そうじゃないかもしれない」とアルマジロはくぐもった声で返事をしました。「魔法にかけられた王子かもしれないよ。たとえばだけど」

コヨーテは目をすがめ、この生意気な球体を眺めました。

「ふざけてると承知しねえぜ。なあ」

「ああっ。巻きがほどけないぞ」とアルマジロはうわずった声を出しました。「ちょっと、引っ張ってみとくれ」

巻きをほどく手伝いをするのは願ったり叶ったりです。ほどかれたアルマジロほど無防備なものはないのです。けれど、ココーテにはどうにもなりません。とっかかりがないのです。何しろ、いびつとはいってもいちおう球なんですから。

「やっぱりか」とアルマジロ。「あんまり長いこと、固まってたからだ」

「長いことって、どれくらいだよ」

「覚えてないけどとにかく、こんなにお腹がすくくらいのあいださ」

「まあ、深呼吸でもしてみろって」と、ココーテは猫なで声を出しました。「巻きをほどいて伸びでもしたら、楽になるぜ」

「ずいぶんと親切なこったね」

「噂を聞いたんだ。おめえさんを伸びのびさしてやりゃあ、いいことがあるってな」

アルマジロは疑わしげな声を出します。

「それはお世話さま」

「まあいいってことよ」

そこでアルマジロは、小さい呻き声を上げながらひとしきり努力してみましたが、やがてボールから空気が洩れるみたいな溜息をつきました。

「だめみたい」

「なあ。焦らねえで、気を楽にしてやってみな。もういっぺんよ」

「だから、無理なんだってば」アルマジロは焦れたようなきんきん声を出しました。「どこもかしこも、すっかりがちんがちんになってるんだから。花崗岩（かこうがん）みたいに」

「そんなにかっかするない。ちっとくつろいだ気分になりゃ大丈夫だって」

アルマジロは頑なに言い張りました。

「岩はくつろがないし」

ちょっとの間地べたに目を落として口をつぐんでいたコヨーテは、諦めたように訊ねました。

「ところでちらっと目に入ったんだけどよ、おめえさんの腹の下の方にゃ、何があるんだい。鉄板の下ってことだけどよ」

「確か、ごたごたがどっさり」

「ほう」

「がらくたが散らばってて、ごった返してる。でもここみたいには乾いてないよ」

「まあ、湿っぽいとこも悪くはねえさな。この乾き具合じゃあな」

「話が早いね。それじゃさっそく連れてっておくれ」

「どこへ」

「だから、下の世界にさ」

「何でだよ」

「用事があるんだ」と言ってからアルマジロはつけ加えました。「たぶんね。何となくだけどそんな気がする。いろいろ忘れちゃってるけど」

アルマジロはいつの間にか、コヨーテを道連れに旅を始めることを決めてしまったようなのでした。

「ちと気が進まねえな。冒険てやつは性に合わねえ」

「どんどん降りていかなきゃ、秘密が解けないんだ」とアルマジロは言い張るのです。「底の底まで行って初めて、はっきりすることがあるんだよ」

「どうでもいいけど、何の秘密だよ」

「それが、覚えてないんだ」

「やれやれ。話にならねえ。ますますおれの知ったこっちゃねえな」と吐き捨てるコヨーテ。

「だけどいいこと思い出した。秘密が見つかったら、ぼくの巻きもほどけることになってるって仕組」

「へっ。……出任せじゃねえのかよ」

忘れてしまったその秘密とやらが解けなくてもいっこうに構わないものの、アルマジロの巻きがほどけないことには埒があかないのです。外を歩くのは体がこわばるくらい凍えるのに、下からはあの温風がゆるゆると吹き上げてきていました。空焚きしたフライパンのような、玉ねぎの腐ったような臭いが混じってはいるのですが。

「何か、聞こえない?」とアルマジロ。

耳を傾けると、低い地鳴りめいた轟(とどろ)きがかすかに届いてきます。

「噴火の前触れみてえな音か」

ココーテの背中の毛が数本、突っ立ちました。不安の影が兆して胸の中に広がってでもいくように、ココーテはちょっと顔をひきつらせました。

「なあ。降りていくって話、やっぱりなしだな」

見透かしたように、アルマジロは誘いかけました。

「底鳴りの正体、確かめたくない？　心配を抱え込んでるよりましだと思うけど」

「やなこった」コヨーテは怯えた声で尻込みしました。「なんか、きなくせえんだよな。ろくでもねえことになるんじゃねえかって」

アルマジロは小さい、けれど決然とした声で告げました。

「もうなってるよ」

アルマジロが語るには、自分が見つけられ、穴から除けられたときに、たとえろくでもないものだろうと、もうとどめようのない物語のスイッチが入ってしまったというのです。それをーーそれだけをーー今の今思い出した、というのです。アルマジロはまだら模様に記憶を取り戻したらしいのです。

「約束の場所が下にある」とアルマジロは宣言しました。「ぼくは長いこと、追放されてた。でも、今こそそこに戻るんだ」

コヨーテは呆気に取られたふうにアルマジロを見つめました。

「追放だ？　何をやらかして」

「だから、細かいことは覚えてないんだってば」

「そうかよ。それじゃそいつはよしとして、だから何なんだよ」

「そういうことになってたんだ」と、アルマジロは出し抜けにしゃくり上げ始めました。「どうしようもなかったんだ。じわじわ思い出してきた」

あたりには風が吹き始めていました。巻き上げられた砂埃がアルマジロの丸い背中を撫で落ち、丸めた体の縁からは大粒の涙がこぼれ落ちてきます。

「で、どうすりゃいいってんだ」とコヨーテは面食らった声を出します。

アルマジロはひとしきり泣きじゃくり、咳き込み、やっと口をききました。

「だからもう、穴の中を降りてくしかない。それしかないよ」

「いったいどこまで」

「行き着くとこまで」

コヨーテは、ひと咬みで咬み破れるような、アルマジロの柔らかい下腹のあたりを思い浮かべたようです。

「その行き止まりで、ほんとにおめえの巻きがほどけるって保証があんのかよ」と念を押すと、

「請け合うってば。それだけは確実に思い出したんだから」

「ふふん。どうだかな」

するとアルマジロは、思わせぶりに付け加えたのです。

「おまけに、宝物が見つかるかも」

コヨーテの目が一瞬、小刀の刃のように閃きました。

「お宝？　どんなだよ」

「凄いものがあるはずってことさ、きっと。こんなにも行かなくちゃならない、って気にさせる

んだから」

「ふん。何か知らねえけど仮によ、そいつが手に入ったら山分けってこったな」

山分けになどする気がないのを押し隠す気配満々で、ココーテは言いました。アルマジロはそれを見透かしたようにきっぱりと、

「あげるよ。きみに全部残らず。すっかり。何もかも」

「ほう。えらく気前がいいじゃねえか」

ココーテの背中の毛羽立ちは収まっていました。もしお宝など見つからず、嫌な予感が的中してとんでもないことが起こるにしても、結局のところ、巻きのほどけたアルマジロこそが最高のお宝のはず。不死が手に入るなら、いったい何を恐れる必要があるでしょう。これはずいぶんと割のいい賭けに見えてきたようです。

「だけどよ、この板切れ、どうやって外しゃいいんだ？」

「待って。今思い出すから。うんうん。これ、板じゃなくてリフトだよ」とアルマジロが説明しました。「下へ降りていく台。乗ってみればわかるから」

「戻ってこれるんだろうな」とココーテがひげをひくつかせながら訝（いぶか）ります。

「ここらあたりを永久にうろついてるつもり？」

ココーテは首を傾げました。アルマジロの巻きがほどけないうちは、望みは満たされようがないのです。駆け引きで用心するに越したことはないものの、せっかく嗅ぎ当てたこの無上の獲物を逃す気はさらさらありません。

「それじゃつきあってみるとするか。やばくなったら即帰るがな」とコヨーテ。アルマジロの巻きがほどける前に命を失っては意味がないので。

「で、どうすりゃいいんだ」

「きみも乗らなきゃ」とアルマジロ。

「場所がねえぜ」

「ぼくの上に乗るんだよ」

コヨーテは気乗りのしない様子で、アルマジロの甲羅の上にそろそろと片足をかけ、それからもう片方をかけ、ひと呼吸おいて四足すべてを乗せました。サーカスの玉乗りさながら。と、遠くで海鳥が鳴いているような軋(きし)みを立てて、鉄の板はゆるゆると降下を始めたのです。

「ほうらね。重さに反応する仕掛になってたんだ」とアルマジロ。

こうしてコヨーテとアルマジロは、旅を共にすることになったのです。アルマジロが最後にその固い巻きをほどくときまで。

降下

最初、下界には赤や黒やのもやもやした模様しか見えませんでした。降りていくにつれて、次第に視界が開けてきました。ところどころちかちかと真紅や萌黄(もえぎ)色の明滅する、ほの暗い世界です。こわばっていた関節を伸ばし伸ばしといったふうにぎこちなく降下を続けていったリフトは、とうとうわずかにバウンドして止まりました。ココーテはアルマジロの背中から飛び降ります。

「軟着陸成功」アルマジロが粛々と告げました。

ココーテが振り仰ぐと、地上の穴が真新しい極星のように輝いています。あそこまでまた戻れるのかどうか、気の揉めるほどの高みです。

リフトを降りた足元は、少々たわんでいました。ココーテが片足をしっかり踏み下ろすと、柔らかく反動がつくのです。そして湿気が、絡みつくように足元から這い上がってくるのでした。まるで、裏側の腐りかけた薄手の敷板の上に乗っているような具合に。

今いちど見回すと、どんよりと霞んで視界のきかない中、小さな炎のようなものや灯りのようなものが、そこかしこに頼りなげにちらついています。そしてやはり、遠雷の轟きめいた低い音が、底の方角から断続的に届いてくるのでした。

「どうやらおめえさん、栓だったみたいだな。しかもへたすると、地獄の栓てやつだ。洒落になんねえや」

「まあ、そうかもね」

「なあ。やっぱり早いとこずらかりたくなってきた。おめえの巻きは、どうやったらほどけるってんだよ」

「まだちっとも思い出せないけど、焦りは禁物。ほどける時になったらほどけるってば」

ココーテは苛ついた声を出しました。

「ちっ。何でまたそんなにきつく、固まっちまったんだ」

「何にでも理由があるわけじゃなし」とアルマジロ。「たまたまそうなってるってこともあるし。ていうか、たいがいそうなんだよね。うんうん。だけど、なんでぼくの巻きのこと、そんなに気にするのさ」

「そりゃよお」と慌てたように口ごもるコヨーテ。「困ってるやつを見ると、放っておけねえたちでな。おめえさんだって、思うさま背伸びしてよ、すっきりしてえだろ」

助けて（i）

「ボールが転がっていく先は、低くなってるところ」まじないでも唱えるように、アルマジロは呟きます。「ぼくを見失っちゃだめだよ。ぴったりついてきて」

足元はたわむばかりではなく、なだらかに傾いています。しかも、かすかに脈打つように上下してもいるようです。アルマジロはのろのろと転がりだしました。コヨーテはそれを追って、目配り怠りなく、びくついた様子で歩いていきます。地面のたわみと傾斜のせいで、その足取りは何だか白昼夢ふうになってしまうのでした。傾斜の具合は不規則で、ちょっとした凹凸に行き当たるとアルマジロ・ボールはいったん止まってしまいます。コヨーテはそのたびに鼻先を上向けてあたりの様子を窺っては、ドリブルしながら歩みを進めて行きます。

その先にやがて、何か大きな影が見えてきました。天秤のようにゆらゆらと傾いだり、元に戻ったりしています。

「はっ。何だありゃあ」

どうやら危害を加えられる気配はなさそうなのでそろそろと近づいていくと、正体がわかりました。

「けったいなしろものだぜ」コヨーテはアルマジロに囁きました。「一本足のゾウが突っ立ってやがる」

何かのパフォーマンス中の腕のように鼻が動いています。くすんだねずみ色の襞の間に埋もれたその目が、すぐに二人の姿を捉えたようでした。怒気を含んだ声があたりを震わせました。

「おまえたち、何者だ。どこへ向かう」

コヨーテはアルマジロ球を爪先で止めると、ゾウを眺めながら肩をすくめました。

「行き着くとこまで」アルマジロが代りにこもった声で答えました。

「ふふん。そうか。では行くがいい」とゾウは尊大な口調で吐き出しました。「どのみち当てずっぽうにさまよい続け、袋小路に迷い込むのが関の山」

ゾウが一歩も歩けないということは、ひと目でわかりました。鼻でバランスを取って立っているのがやっとのようです。というのも、胴体が下の方にかけて急激に細まり、それがたった一本の足にまとまっているのです。

「歩けんと思うとるな、細いのと丸こいのと」ゾウは苦々しげに言うのでした。「ご明察だ。ただの一歩も進めはせん。身じろぎすると平衡を崩すのでな。おまけに、一つきりのこの膝がしくしくと痛みおる。万力で捻られるような塩梅にな」

よくよく眺めるまでもなく、確かに一歩足で進むためには跳ねるほかなく、それはとてもゾウの巨体にできる相談ではなさそうです。

「平衡こそ命、心乱さず意識を凝らさねばならん」ゾウはだみ声で呻吟しんぎんします。「この一本脚に向けてな。どれほどの妨げに見舞われても」

「眠るのもひと苦労だろ。そのざまじゃあな」

「眠りだと？」

腹の底から振り絞ったようなゾウの声に、コヨーテは一歩後ずさりしました。

「眠り、とな。えらく懐かしい響きだ。懐かしさのあまり頭がどうかなりそうなほどにな。横になったが最後、極上の眠りが訪れるに違いないわ。二度と起き上がれぬ仕儀となろうがな」

「ずいぶんと厄介なこったな。何かの罰かよって」とコヨーテが呆れ声を洩らします

「取り立てて罰を受けるような覚えはなし。とはいえ、生きながらえておれば罪は重なってゆくもの」

「へっ」

「重なるばかりの罪は、業苦を重ねることでしか償えぬはず」

「かもな」コヨーテは呟きます。「だけどそれじゃ、いつまでたっても追っつかねえだろうよ」

「平行線とな」ゾウは目を細めました。「そうとなればもっけの幸い。変化はもっぱら、禍の元。

変化あるところに厄災の生ずる隙が生まれるわけでな」

「そうかよ。ま、屁理屈垂れてねえでせいぜいがんばんな」

「何かヒントが見つかるかも」とアルマジロが取りなすように口を挟みます。

「ヒントとな？」ゾウは悲痛な呻き声を上げます。「判じものではあるまいに。この一本足大道芸をどこまでもやってのけるがためのヒントをか」

「楽になる手立てを見つけてこれるかも、ってこと」とアルマジロがもぐもぐ言い繕いました。

ゾウは哀れみと侮蔑を込めた目で二人を見下ろします。

「なるほど冒険物語の世界でならばな。一本足が四本となり八本と化して、自在に駆けられるわ。何か、埋もれた奇跡を掘り出す当てでもあるというのか」

「それは特にないんだけど」と口ごもるアルマジロ。

「だったら黙ってろって」とコヨーテ。

ゾウは深々と嘆息しました。

「だろうな。闇雲に進んだあげく、分厚い壁に突き当たる。何も見えはせんし、聞こえもせん。ともかくどっとぶち当たって、一巻の終わり。そういうものだ。迷宮へようこそ、と言っておこう。遅ればせながらな」

ゾウは鼻を突き出し、諭すように鼻先を震わせるのでした。この旅が、本当にそうした幕切れになるのかどうかわかりません。けれど、結局そうなってしまう気がしてきても不思議はなさそうでした。

「ところでよ、下りきった先に何があるのか、知らねえかい。まあそのよ、お宝がでんと控えてるとかなんとか、その手の話よ」

　コヨーテが尋ねると、とたんにゾウの様子が一変しました。

「教えてやろう」ゾウは、弔鐘なみにごんごん響く声で請け合いました。「這いずり回る矮小(わいしょう)な連中が控えておるという話だわ。禍々(まがまが)しい大群がな。そして、その者たちを目にしたなら、必ずや災いが降りかかる。降りかかるどころか、土砂降りの水浸し。誰一人逃れられはせん。それでもなお行きたいか。地獄の只中に飛んで入りたいと言うか」

　たたみかけるゾウの剣幕に、二人は面食らった様子。

「使えねえご託宣だ」

「ならばとっとと立ち去ることだ。下へ下へと歩み行くがいい。わざわざ災厄を望みたがる、呪われた者どもよ」

「災厄な。災厄と。覚えとくぜ」

「一つだけ知っておくがいい」ゾウは宣告するのでした。「底に到達したなら、おまえたち揃って戻れるとは限らんぞ」

「おいおい」コヨーテは連れにちらりと目をやりながら抗議しました。「嫌がらせかい。相方を怯えさせねえでくれよ」

「変化にはいずれ、手酷い報いが訪れないではおらん」とゾウが大声を上げました。

「先を急がなくちゃ」とアルマジロがゾウの雄叫びを無視するように、小声で促しました。

二人がその場を離れ去っても、興奮の収まりそうにないゾウは鼻を振り回し、声を限りに何ごとかをがなり立てています。

「やれやれ。関わりあうこたあなかったようだな」

と、出し抜けに地響きがとどろいたかと思うと、足元が揺れて二人の体がいっとき宙に浮きました。着地して振り返ると、そこにゾウの姿がありません。

「何の音？　倒れちゃったの？」

「らしいな」

いったん戻ってみると、横倒しになったゾウは一本足と鼻とを交互にもぞもぞ動かしているだけ。

「こちらが先におしまいになったわ。情けなくも」とゾウは地の底から漏れてくるような声を出しました。「もとより手出しは無用、もはや二度と立ち上がれはせん」

「そのようだな」コヨーテが冷めた声で告げます。「気の毒だが行くぜ」

「このまま？」とアルマジロ。

「どうにもなんねえだろ。手出し無用だってよ」

「そのとおり」とゾウは、弱々しく鼻を振りました。「かねてより、覚悟はしておった。不覚にも心乱した者の、自業自得といったところ。かまわず行くがいい。情緒に牛耳られるという罠こそが、平衡の潰える真因、最も忌むべき敵と心得てな」

「まあ、説教垂れてねえで一休みしてな」

するとゾウは、弱々しくも穏やかな声になって語りかけるのでした。

「今納得がいったわ。そちら側に平衡が転移したのだと」

「どういうことだよ」

「おまえたち、不釣合いに見えはするが、見事に平衡の取れたコンビなのかもしれん」

「まあ、道連れにゃあ違いねえがな」

「ならば行って目的を果たすがいい。祝福された者たちよ、と言っておこう」

「呪いが祝福になったってか。結構な話だぜ。じゃあな」

二人は横倒しの小山を尻目に、歩みを進めていきます。振り返ると、もたげられたゾウの鼻がのろのろと痙攣するように、虚空をまさぐるように、何かに別れを告げてでもいるように、いつまでも動いているのでした。

助けて（ii）

「走らないって条件で、ここにいられることになってるの。難民よね」とチーターは首を曲げて毛づくろいしながら、物憂げに説明しました。

「走ったらどうなるってんだ」とコヨーテ。

「溶けるのよ」とチーターはそこかしこの水溜りを目で指します。

そういえばそこかしこが、今しがた雨でも降ったばかりのように濡れて光っています。目覚しいほど濃厚な黄色。ひどく粘っこそうです。近づくと水溜りは、コヨーテの警戒心あらわな顔を歪めて映し出すのでした。

「じっとしてろって思う？　動かなきゃにっちもさっちもいかないどん詰まりだし、駆け出したら消え失せちまう。どっちがまし？」チーターは問いかけました。

「やけに物騒な話だな」コヨーテがあたりに気を配りながら口を開きました。

と、そのとき、目の前を小柄なガゼルが一頭、通りかかりました。チーターはガゼル目がけて飛び出しかけたと思うとすぐ、よちよち歩きになりました。そして早足のガゼルのあとをいっとき追う体勢になってみたものの、まもなく引き返してきました。

「おいおい。ついさっき生まれたばかりって風情だな」

「捕まえられないの。たとえあんたが獲物だったとしてもね」

コヨーテはそれを聞くと、油断なく腰を低めて身構えました。

「あたしたちにはたいがい何も捕まえられない。たまにいけるのはけちで間抜けなモグラくらい」

「ご苦労なこったな」

「ふん。でもね、走ろうと思えば走れるわ。あんたの目にも留まらない速さでね。だけどそんなことして水溜りになる気はないってこと。今のところね」

「賢い選択か」

「だけどときどき、駆け巡りたいって気持が抑えられなくなっちゃうことがある」

ご自由に、とでもいうように、コヨーテは鼻先に皺を寄せました。

「にしても見かけない顔ね。あんたたち」

「そうそう寄るようなとこじゃねえだろうよ」

「で、これからどこへ行く気？」

「地面の傾いてるほうへ。どこまでも」と、依然丸まったままのアルマジロが答えます。

「やめといたが身のためね」チーターはアルマジロ球に目をやりながら忠告しました。「下の下まで行っちゃうと、おしまいよ」

「しょうがないよ」アルマジロがこぼしました。「使命があるんだから」

「使命だか指名だか知らないけど、とんでもなく不吉なのがいるって噂。そいつの鳴き喚く声を聞いたら、それこそ気が変になるってね」

「ますます鬱陶しい話だな」コヨーテは、こんな旅に出たことを後悔する顔になります。

「もっと詳しくは？」とアルマジロが訊ねます。

「説明は無理。細かいことは知らないの。だけどとにかく、二度と帰れなくなるって」

コヨーテが瞳孔を膨らませながら、口を挟みました。

「なあ。でもひょっとしてだがよ、そりゃ極上のお宝のありかってことじゃねえのかい」

「宝？」とチーターは、コヨーテの顔を怪訝そうに見つめました。

「よくある話だろ。びびらせて誰もあたりに寄りつかなくしとくってのは」

「ふふん。あんた、物欲しそうな顔してるわ。行って、自分の目でとっくりと確かめたら？　命あっての物種ってこと、思い知るはず」

「だろうよ。けどこっちは、命が惜しいから行くんだ」

「何のつもりだか。まるで命を拾いに行くみたいに言うわね。捨てるんじゃゃなくて」

コヨーテは、そのとおりとでも言うように、少し頬を歪めて笑いました。

「さ、先を急ごうよ」とアルマジロが促します。

「でもあんた、行く前にあたしを止めてくれない？」チーターはまっすぐ前方に視線を送ったまま、コヨーテに頼みました。「ひとすくいの水溜りになっちゃう前に」

「止めろだ？　駆け出さなきゃいいだけだろ」

「何だか疼いてきたの。気分が。どうなっちまっても構わないって」

あらためて眺めると、チーターは悪寒に見舞われたように震え出したようでした。肋が数えられるほどくっきり浮いています。毛皮は病気にかかってでもいるのか、ひどく汚れています。濁った黄褐色にねずみ色の斑点が浮いていて、古雑巾みたいにくたびれ切って。

「あんたならどうする？　もし駆けられなくなったら」ふとチーターが訊ねました。

「どうもこうもねえよ。くたばるだけさ」

「自分で始末をつける？」

「そりゃねえな。最後まであがくだろうよ。たぶんな」

コヨーテは退屈げに前足で耳の後ろを掻きました。チーターはまじまじとそのさまを見つめ、

「危なっかしい気分。怖い怖い」

「尻尾でもくわえてやりゃいいのか」

それを聞いてチーターは、まっすぐ前を向いて坐り直しました。

「いいのよ。言ってみただけ。気が変わった。耐え抜く理由なんてないわよね」

ご自由に、というようにコヨーテは右前足で頭をかきました。

「いいわ。あんたらがいずれどうなるのか、見せたげる」

その目が底光りするような光を湛えたかと思うと、体が柔らかい鞭のようにしなって、チーターは弾かれたように飛び出していきました。あっという間の出来事でした。

跳躍するチーターの体は空中で水飛沫（みずしぶき）のように砕け散り、ぼんやりした黄金の光をまといました。そして次の刹那、消え失せました。そのまま駆け続けていくような残像がコヨーテの目にはとどまっているふうでしたが、ほどなくそれも失せて、あとには黄色の水溜りだけが光っていました。

「気まぐれか」まじまじと水を見つめるコヨーテ。「ほんとに水溜りになっちまった」

「今喋ってたチーターが？」

「ものの見事にな」

「あとはどうなるんだろ」

「さあな。じき干上がって……まあ跡が残るだけか」

水溜りの鈍い光を背中に映しながら、アルマジロは独りごちました。

「何か、大きなことを思い出しそうな気がする」

「何をだよ」

「まだはっきりはしないよ。だけどやっぱり、進んでいく意味はちゃんとあるって気がするんだ」

「そうかよ。ぜひそう願うぜ。……なるべくお宝方面でな」

あらためてあたりを見渡すと、相変わらず何もかもが、焦点の定まらないように烟(けぶ)ったままでした。淀んだ息苦しい空気が変わった、という感じもありません。とはいえ、突然何かが降りかかってこないとも限らず、ココーテは警戒しいしい両耳をぴくつかせました。

「行こうよ」アルマジロが促すと、ココーテは弾かれたように歩き出しました。アルマジロはその前を、とろとろと転がされていきます。

「この世界の成り立ち、知ってる？」不意にアルマジロが訊ねました。

「はぁ？」

「どうやってこの世界ができあがってるかさ」

「なるようになってるだけだろ」と面倒臭げにココーテ。

「はるかな昔」アルマジロはぼそぼそ説明しました。「世界の始まる前に超弩級のアトラス・メガアルマジロがいた。どれくらいでかかったかというと、甲羅のカーブが直線にしか見えなかったくらい」

「だから何だよ」

アルマジロは続けました。

「ところがそれがある日、下痢したあげくに死んじゃったんだ」

「ほう」

「何でだと思う？」

「知るかよ。食い過ぎじゃねえのか」

「そうじゃなくて、時間を呑み込もうとしたんだって」

「何だそりゃ」

「変わっていくのが厭だったみたい。いろんなものが」

「で？」

「だけどその時間をこなしきれなくて、お腹を下した。その下痢から世界が生まれたって」

「世界って、ここがか」

「だからこんなにぐしゃぐしゃなわけ」

「いいかげん迷惑な話だな」

「伝わってるのはそれだけ。ただし、ひどく悔やんだみたい。そして学んだって」

「ふふん。誰のでっちあげたストーリーだよ」

「伝説、っていうかさ」

「クソまみれのお伽話（とぎばなし）ってか」

助けて（iii）

「密猟者、取り憑かれた連中よ。ひとを見れば角、角と騒ぎおって」

警告のようです。ココーテはアルマジロ球の前に足先を差し出して止めました。

「誰か知らんが、近寄らぬが身のためだ。踏み潰されたくなければな」

「もちろんまっぴらだ」と吐き捨てるココーテ。「離れたとこを通っていこうぜ」

「ねえ、何がいるのさ」とアルマジロ。

「もう驚かねえが、今度はサイときた」ココーテはひそひそ声で説明します。「図体ばかりでかくて、おつむの回らねえ連中さ。突進でもっていろんなものをおしゃかにするのは得意だがな」

けれども、丸々と肥えているように見えるサイたちの歩みはばらばらで、何か夢見心地で、地に足が着いていないふうなのです。サイたちめいめいすべての足首には、鎖で錘が巻きつけられています。錘はちょうどアルマジロと同じほどのサイズの、赤錆びた鉄の球のようでした。

「こいつらもまたぞろ、罰ゲームのたぐいかよ」とココーテ。「縛られてやがる。逃げられねえようにな」

「おまえたち、何者だ。薄汚れた密猟者どもの仲間か？」

「だったらどうするよ」と足元を見たココーテの言い草。

「黙って立ち去らんか」と別の一頭が凄みます。

「まあ待ちなって。争う気はさらさらねえしよ」

「こんなところへ、何を求めてやってきたのだ」

「用があるのはここじゃねえ。もっとうんとこさ下のほうさ。旅の途中ってとこだ」

「どうやら、密猟者ではないようだな」と別の一頭が警戒を緩めたようです。

「ってことで、おたくらの角なんぞに興味はねえな。あばよ」

「図体ばかりでかくて、と言っておったな」

「聞こえてたのかい。言葉のあやってやつ、特に悪気はねえよ」

「ならば試しに、わしに触れてみるがいい」サイは苦々しげに勧めました。無数の皺に覆われた、鉛色の鎧状の皮膚を、コヨーテは眺めました。

「遠慮はいらん」

「何か素敵なことでも起こるってのか？」

コヨーテが警戒しいしい近寄って肉球を当てたかと思うと、サイは大きく反対側によろめきました。まるで風船のような軽さです。これではネズミ一匹踏み潰すこともできないでしょう。

「はっ。見かけ倒しか」

「まったき抜け殻」とサイは呟きました。

「ははあ。頼りねえ気分だろうよな。そのたいそうな角もこけ威(おど)しってわけか」

「角というか。角は引導を渡すためにこそあるのだ」

コヨーテは、念のため一歩下がりました。

「まあ、おまえさんに引導渡そうというわけではない。そのような力もないわ」

と、そのとき、かさばった物体が上空から音もなく降りてくるのが目に留まりました。

「何だありゃ。ご降臨か」

ゆるゆると降下してくるのは、仰向けになって硬直した四本の脚を中空に突っ張っている、サイの一頭でした。なんだか夢の中を漂っているようにも見えます。

コヨーテと言葉を交わしていたサイは、降りてくるサイを待ち構えるかのように、そろそろとその真下に移動しました。そして、振り上げた角の先端が降下サイの背中を突いたと思った瞬間、耳をつんざく轟音が響き渡りました。サイの胴体が破裂して、木っ端微塵になったのです。

「ふぅ。ぎょっとさせやがる」

「何の音？」アルマジロが怯えた声を出します。

「ばかでかい風船が破れやがった」

降りてきたサイの体は今は跡形もなく、微塵に散りかすれていきます。あたりに漂うまだらな灰色の靄のせいで、コヨーテは少しばかり咳き込みました。

「なるほどな。角でもってお仲間の始末をつけてやるわけだ」

頭上を振り仰ぐと、濃い琥珀色に彩られた腫れぼったい天井にあたるところ、何かが目に入りました。灰色の気球に似たものが三つ――ゴルフボール大にしか見えないものの――ふらふらと漂っています。軽くぶつかりあったりしながら、それ以上は昇れないその場所に、どうやらつかえているのです。

「干涸(ひから)びた、仲間たちだ」ともう一頭が語りました。

「あんな高みで、空中散歩ときた」コヨーテは目を剝きました。

「われわれは、碇(いかり)なしでは地にとどまっておれない」とサイは重苦しげに頭を傾げました。「だが、この鎖を厭い、覚悟を決めて自ら外してしまう者もおる」

「ほう」

サイは角の先で天井を示しました。

「あれが、そうして自らを解き放った者たちの、末路なのだ。だが、時が過ぎると腹の中に重たい起爆性ガスが溜まって、高みから降りてくることになる。先ほどの者のようにな」

「で、きれいさっぱりおしゃかになるわけだ」と呟くコヨーテ。

「降りてきたなら仲間の角により、最後の決着がつけられる。せめて、この虚ろで醜悪な体を晒(さら)しものに捨て置かぬようにな」サイは話を続けます。「昇らぬ者はもとより降りられぬのが道理。そのように覚悟を決められぬ者が、覚悟を決めた者の始末をつけるという仕儀。釈然とせぬ話ではあるが」

「何でまた、そんな目に遭ってるのさ」とアルマジロが口をはさみました。

「それがわかれば、苦労はせん。いや、苦労を忍び抜ける」

「罪の積み重ねとかなんとか、ゾウがぶつくさこぼしてたぜ」

サイはのろのろと首を振りました。

「罪というか。罪とな。腑に落ちるかどうかが、ひとえに肝心なところ。何が変わらずともな」

「で、まだ腑に落ちてねえわけだ」

サイは、何も見るまいとでもいうように瞼（まぶた）を閉じました。

「わしも昇っていった仲間らのように、幾度鎖を断とうと思ったか知れん」

コヨーテは黙ったまま頭上を仰ぎました。

「降りてきた暁には、地にとどまった仲間の誰かがけりをつけてくれるのでな」

「だろうな」

「だが、どうしても踏み切れん。得心がいかんのだ。何ゆえこのようなことに立ち至ったのか、となｊ」

「物事に起こる理由なんてねえのさ。物語を作るのは勝手だがな」とうそぶくコヨーテ。

サイは太い溜息をつきました。

「もっとも、このままでも結末に変わりはないのは承知」

「どうして」

「何となれば、いずれずる賢い密猟者がこの角をもぎ取っていくというわけでな」

コヨーテは耳をそばだててあたりの様子を窺いました。誰かが忍び寄ってくるような気配は、今のところないようです。

「わざわざそんなもん、どうしようってんだろ」

「どうすると思う」サイは初めて口の端で笑いました。「幻を視る秘薬にするのだと」

「ほう」

「この無残な幻の世界に、幻の夢を重ねてどうなるというのか。そう思わんか」

「まあ、考えはさまざまさ」とコヨーテは言葉を濁し、「で、ちゃんと効き目があるのかい」

サイの口はますます大きく歪みました。それで、別のサイがぼそりと答えました。

「どこまでも続くらしいな。砕いて服むと」

「覚めねえのか。そりゃまた強烈だな」

「一度仲間がやけを起こして、別の者の角先を噛み取ったことがある。するとどうだ。とたんに体がずしりと重みで満たされる幻覚に取りつかれ、鎖を外してしまった。そしてそのまま昇っていきおった。堂々と地を歩むふうに、四本の足を中空で動かしながらな」

「で、どうなったい」

「やがて降りてきて、引導を渡されたわ。最後まで堂々とした風情でな」

「やっぱりか」

「だが」とコヨーテの目の前のサイが口を開きました。「思ってみれば、最期の時まで幻の中に生きられるのなら、それはそれでよいのかもしれん。……どこに違いがある？　どこに」

仲間のサイたちはみな、押し黙ってしまいました。

「で、おまえさんがたは、どこへ行くつもりだ」気を取り直したように、最初のサイが訊ねます。

「底さ」

「下っていくとな？」

「そのとおり。どん詰まりまでな。ところでよ、底のこと、何か知らねえかい」

相手は感極まったふうにしばらく黙り込み、それから嘆息しました。

「降りるのは善きこと。しかと地に足を着けてな。決して降りられぬ者たちにとっては、妬ましい限り」

「何かいいもんが転がってるってことかい」とコヨーテ。

「降りられることがすなわち、祝福された者のみに許されること」サイは重々しく頷き、それから予言めいたことを告げるのでした。「はるか昔に耳にしたところでは、大底ではありとあるものが落ち着きどころに落ち着き、そのままに保たれてある。その中心に、地に根づきし大いなる者が控えておってな」

「はあ？　何だそりゃ」

「あるいは永劫（えいごう）の得心に通じることやも」サイはのろのろと頭上を仰ぎました。「赴くがいい。大底へと。見果てぬ夢に向けてな」サイは門出を祝うかのように角を上下させました。

「それじゃ、進もうよ」アルマジロが促しました。

「どいつもこいつも、どたま狂ってやがるぜ」とコヨーテが低い声で毒づきました。

助けて（ⅳ）

ちっぽけな影が一つ、目に入りました。どうやら一心不乱に床を掘っている気配です。二人が近づいて行っても、気づく様子がありません。けれど、それほど無我夢中でも、床は無数の細かな傷だらけになっているばかり。

「お次はモグラ一匹」コヨーテがアルマジロに告げます。「熱心に床を引っ掻いてやがら」

「ここのこと、訊いてみて」とアルマジロ。

「ちょっくらいいか」近づいたコヨーテが、声をかけました。「おめえさん、何を掘ってるんだい」

相手ははっとしたように、けれど手は休めずに振り返ります。

「ええと、何かを探してるんですけど」

「だろうよ。その何かって何だよ」

「そうですね。たとえば、ええと、尻尾とか」

「尻尾って、誰の」

「ぼくの」

目をやると、確かにモグラの尻には尻尾が見当たりません。

「まさか、この辺に埋まってるってのか」

「わからないんです。気がついたらなくなってたんです。いえ、なくなってることについ先ほど気づいた、と言いますか。正確には」

「どっちでもいいけどよ、地べた引っ掻いたって見つからねえだろうよ」

ほとんど涙目になりながら、もぐらはそれでも手を止めずに答えました。

「だって、ぼくには掘るっきゃできないんですから」

「待てよ。どだい、モグラに尻尾なんてあったか？」と、コヨーテはいぶかしげな声になります。

「たぶん――いえ、確かに」

「別になくても困らねえ程度のしろものだろ。あったとしてもよ」

ふと気配を感じて頭上に目を向けると、跳ねれば届きそうなところに、まるで誘いかけるように浮いているものが目に入りました。コヨーテは思わず飛び退きました。派手な橙色の、細身の尻尾です。前後左右に揺れながら、燃えるように眩しい輝きを放っています。

「まさか、こいつだって言うんじゃねえよな」

「ああ」モグラは目を上げるなり歓喜の声を上げました。「奇跡のよう。どうして気づかなかったんでしょうか」

「下っきゃ見てねえからだろ」

「まさしくぼくの尻尾です。あの、取ってもらえないでしょうか。跳ぶのはちょっと苦手なんです」

「ほんとにおめえさんのなのかよ。ずいぶんと不釣り合いじゃねえか」

「間違いないです」

「もしよ、取ってやったらどうする？」コヨーテは抜け目なく訊ねました。

「ぼくならもう、どうなったっていいです」とモグラ。

「だからよ、何をよこすっていうんだよ」

「命だって、差し上げますとも」

「命だ？」と呆れ声でコヨーテ。

「尻尾がすべてなんです。尻尾がなかったら、いっさいがっさい意味がなくなっちゃう」

「へっ。尻尾が本体だってか。こいつもいかれてやがる。ふん。まあ取ってやらあ」とコヨーテは後足を縮めてジャンプすると、物体をあっさり空中から引きずり下ろしました。

「ほらよ。くっつけときな。またどっかに飛んでいかねえように、しっかりとな」

「本当に、本当にありがとうございました。何とお礼を言ったらいいか。なくしたものほど大事なものって、ないですから」

「そうかよ。おれはなくしたものなんぞに何の未練もねえけどな。ところで、礼ってのは具体的に頼むぜ。そこで例えばだ、おれたちの案内役になるってのはどうだ」

「あなたがたも、何か探してるんでしょうか」

「まあな。尻尾じゃねえけどな」

「なくしものを？」

「いいや。別になくしたわけじゃねえ」

「なくしてないのに何かを欲しがる、と。欲張りなんですね。生意気言うようですけど」

「おめえらに言われる筋合はねえよ、このとろすけ。尻尾取り上げちまうぞ」

「ああ。本当に余計なお世話でした。で、そこの丸い人は何を探しに？」

「こいつはおおかたの記憶をなくちしまったんだ」とコヨーテがアルマジロに目をやりながら代

弁します。

「探しに行くとこなんだ」とアルマジロがつけ足しました。

するとモグラはさめざめと号泣し始めるのでした。

「わかります。わかりますとも。それはひどい。そんな悲しいことはないですよね。記憶を取り戻す旅だなんて。ぼくの尻尾どころじゃない」

「ふん。大げさな野郎だぜ」

アルマジロが訊ねます。

「ぼくたち、この下までずっと行くつもりなんだけど、どん底に何があるか聞いたことある？」

モグラは涙を拭い、じたばたする橙色の尻尾を、短い両腕でどうにか抱きしめたまま頷きました。

「ありますよ。情報では、なくしたものが必ず見つかるっていう話です。そう、きっと、ふかふかした黒土が敷き詰められてて、その中に埋まってぬくぬくしてられるんです。大事なものをすっかり取り戻して。ああ。パラダイスというところでしょうか」

モグラはうっとりと中空に鼻先を向けて目を閉じました。

「じゃあ、最初っからおめえさんの尻尾を探しに行きゃよかったろ」

モグラははっと我に返ったように、

「ただし、ちょっぴり怖い噂もあるんです」

「やっぱりか。まあその噂の方が確かだろうぜ」

「パラダイスのそばにはいぼだらけの大岩があって、そばに血まみれののっぽが立ってるって」

「いぼとのっぽだ？　どういうことだよ」

モグラは首を振りました。

「それ以上のことはわからないんです。それにだいいち、底っていうのは、ものすごく遠いらしいんです。たどり着くのにいろいろと障害もあるらしくて。ぼくたち、ただでさえ歩くのは苦手なんですよ。掘り返し専門ですから」

「だろうな」コヨーテは、大事そうにしっぽを抱えたモグラの様子に目をやりました。「とにかくまあ、やることとやっちまいな。尻尾が逃げていかねえうちに」

モグラは目を輝かせてしばらくもぞもぞしていましたが、

「ああ、ああ。だめです。くっつかない」

大粒の涙をほとばしらせるモグラにコヨーテは、

「そんなこったろうよ。このもさくさ野郎」

泣きじゃくりながらモグラが手を離すと、尻尾は弾かれたように舞い上がって、風に煽られでもしたふうに吹っ飛んでいってしまいました。

コヨーテが改めて見回すと、方々に散らばったモグラたちが、あたりにひっそりとコロニーを作っているようなのでした。

「めいめいが、それぞれのなくしものを探してるんです。牙ですとか、羽ですとか」

「牙に羽ときた。ご苦労なこった」

「ぼくときたらまた、最初っからやり直しです」と涙声のモグラはうなだれます。

「気の済むまでやり直してりゃいいさ」

「そうですよね。やり直すのに遅すぎるってことはないですからね」

モグラは涙を拭いぬぐい、地べたを掻き始めました。

「だからよ、掘ったって出てこねえって。どだい、ちっとも掘れてねえだろ」

するとモグラは頭を上げ、決然と答えるのでした。

「できる限りの誠意をこめて、最後の最後まで、掘るだけです。そうしたら、きっと通じる」

「何に通じるんだ？　まあ一生そうやってな。おれたちゃ行くぜ」

とそのとき、向こうからふさふさとした物体が、猛スピードで転がってきました。飛び退きかけたコヨーテが、とっさに前足で踏みつけて押さえました。たっぷり一抱えほどのボリュームのある尻尾でした。今回は、濡れたように光る漆黒。

「ほらよ。こいつはいかにもおあつらえ向きだぜ」

「ああ。ああ。まさしく本物」興奮したモグラは後足で立ち上がりました。「今度という今度こそ、ぼくのです」

「おめえ、とんまか。色がまるで合ってねえってのに」

ところが、コヨーテから渡された尻尾は、吸いつくようにしてモグラの尻にくっついてしまったのです。

「ほうらね。見たでしょ」とモグラは雄叫びを上げました。「紛れもなく、ぼくの尻尾だったんですよ」
呆気に取られて見ているうち、モグラの体の三倍ほどもかさのある真っ黒な尻尾は、でたらめに暴れてモグラ本体を引きずり回し始めました。それでもモグラの目は幸福感にきらめいています。そのうち、馬鹿でかい尻尾はモグラを荒々しくどこか向こうへと引きずっていってしまいました。それからほどなく、長く尾を引く悲鳴が切れぎれに届いてきました。

「やれやれ。何の役にも立ちゃしねえ抜け作が。すっかり時間をつぶしちまったな」

二人はその場を後に旅を再開しました。

「ところでよ」出し抜けにコヨーテが訊ねました。

「時間で思い出したんだけどよ、伝説のなんとかアルマジロがクソまみれになった話、したろ。そいつはその後どうなったたい」

「弱って、干上がって、横たわって、眠りこけてるって。死にかけてるのかも」

「てことは、まだ息があるってわけだ。大昔の伝説じゃなかったのかよ」

「そう。本物の伝説は今につながってる。生きてるんだよ」

「どこでだよ」

「ここ」

コヨーテは立ち止まりました。

「まさか、このぶわぶわの床のことか？　じゃ、おれたちはその残骸の上——甲羅の上を歩いてるってわけか」

「たぶん。だから引っ掻いたくらいじゃ穴は開かないし」

「で、この腐った臭いもそれかよ。ひでえな」

助けて（V）

あの重機のエンジンのような唸り声は、ますます大きさを増して響いてきています。腐敗臭も、鼻の曲がるほどに強烈になってきています。そして、足元はいっそう危なっかしくたわんできています。そのおかげで、まるで弾むようにして歩けるわけですが、ココーテの気分はどんよりと沈み込んできた様子。どうやら腰も引けてくるようでした。この旅がじつのところ、どこへ向かってるのかさっぱり見当もつかないばかりか、状況はさらに悪化しているような気がするのでしょう。


「ちっと待てよ」ココーテはアルマジロを睨み下ろしました。「ひょっとしておれのこと、ハメてやしてねぇか？　道連れにしようって了見じゃねえだろな」

「道連れって、何の？」

「何のかは知らねえ」

「騙してるってことかい？」

「違うのかよ」

「そうかも。ううん、そうじゃないかも」

「ちっ。吐いちまえっての。ここまで来たらよ」苛立った声を出すコヨーテ。

「ぼくにだって、わかんないんだってば。記憶を取り戻しながら進んでるんだから」

「とにかく、礼はたっぷりと頂くからよ。それこそ死ぬほどな」

「じゃ、巻きがほどけたら、ぼくのこと丸ごと食べていいよ」アルマジロはきっぱりと言いました。「ぼくは秘密さえ突き止められたら、それでいいんだから」

コヨーテは面食らった顔で立ち止まりました。

「やけに太っ腹じゃねえか……っていうか、おれの魂胆を知ってやがったのかよ」

「ふつうわかるってば。じゃあこっちも聞くけど、きみはどうして元の群れからはぐれちゃったわけ？」

「はぐれた？」コヨーテは喉の詰まったような声を出しました
「いいや、すたこら逃げ出したんだ。危ねえとこで脱出したのさ」

「何でまた？」

「一族丸ごと殲滅されそうな勢いだったもんでな。まあじっさい、そうなっちまったって風の噂だが。ピューマどもに崖っぷちまで追い詰められて。喰い散らかされてよ」

「ピューマって誰さ」

「おっそろしく強力な連中だ。まあ無敵かもな。おまけに、無邪気で気まぐれで遊び好きときてやがるから、手に負えねえ。何もかもいいおもちゃにしちまう。おふざけで命を取られちゃ、洒落になりゃしねえ」

コヨーテのかすかに身震いする気配。

「もしかして、仕返ししようなんて思ってない？」

「一族の復讐ってか。ドラマチックな話だが、そんな気はさらさらねえよ。あんな砂嵐みてえな連中に構ってもしょうがねえ」

「そう」

「自慢じゃねえが、今までどんなものからも逃げ延びてきた。あのピューマどもからもな。だが、死だけは別もんだ。地の果てにいても追っつかれて始末されちまう。とことん執念深いやつだぜ。そして、おめえさんの肉がたった一つ、解決のアイテムってわけよ」

「ふうん。なるほどね。それでぼくをずっと狙ってたわけだ。けどどだい、どこでそんな噂仕入れたのさ」

「ピューマどもさ。あいつらが喋ってるのを聞いたことがあるんだ。おめえがずっと同じ場所にいて、死なねえって」

「見込み違いだったら？」

「あいつらはとことん遊び好きで残忍だけどよ、嘘はつかねえんだ」

「もしもぼくを食べるとするよ。それで死ななくなって、どうするのさ」

「どうするって、何をだよ」怪訝な顔で、コヨーテは答えます。「別にどうもしねえよ。まあ、うろつき回ってるだけさな。ぶらぶらとな」

「何もしない？」

「考えてみな。何しろ、いつまでもどこまでも生き続けられるんだからな」そしてつけ加えました。「何をするにも遅すぎた、なんてこたあねえし。モグラ野郎じゃねえけどよ」

「永遠に？」

「ああ」コヨーテはちょっと鼻先にしわを寄せました。「とにかくよ、あがいたところで必ずたばっちまうってカラクリが、とことん気に食わねえんだ。絶対に逃げられねえってのがよ。どでかいピューマの牙にしじゅう喉頸撫でられてるみてえだ」

「だけどさ」アルマジロはひとりごちるように口にしました。「どこまでも生き続けるのって、うんと退屈にならないかな」

「死ななくて済むんだぜ。いちばんやべえものに捕まりっこねえって、こんないいご身分があるかよ。退屈が何だってんだ。百億年だって退屈してやらあな」

唐突にアルマジロが荘重な声を出しました。

「死を忌むあまり群れからさまよい出た者よ。汝の名は死の下僕なり」

「はあ？　何だそりゃ」

「何でもない。ふざけてみただけ」

「ちょっと待った」コヨーテが歩みを止め、鋭い声を上げました。「何だか、いよいよやばくなってきたぜ」

「どうしたのさ」

見はるかす限り、使い古した消防ホースが、はらわたのようにうねうねと地べたを埋め尽くしていました。太さはコヨーテの胴ほどもあるようです。薄汚れたそのホースは、あっちこっちで絡み合い、瘤を作り、ところどころ水がつかえてでもいるふうに、引き攣っています。そのちょっとした振動でも、ますますぶわついてきている地べたは上下し、まるでのたうっているように見えるのでした。コヨーテは立ちすくみました。

「大蛇か。アナコンダかよ」

「どうなってるの」

「何やらそこらあたり一帯にのたくってやがる。もう進めねえぞ」とコヨーテは説明しました。

「行き止まりなわけ？」

けれども、ホースには襲いかかってくる気配もありません。だいいち、どこが始まりでどこが終わりなのか、見当もつかないほどの絡まりようなのです。そしてホース全体が、粗い網目模様にびっしりと覆われています。

「こいつ、もしかして」とコヨーテは思い至ったようです。「首じゃねえのか。キリンのよ」

と、どこかからこんなかぼそい声が漏れてきました。

「あなたたち、どこへ？」

「おたく、もしかしてキリンか？」とコヨーテが当てずっぽうに声をかけてみました。

「そうです」と今にも消え入りそうな返事がありました。「アミメキリンです」

声のした方に目をやると、一〇メートルばかり先で何かが持ち上がっています。どうやらそこが、キリンのもたげた頭部のようなのです。

「話があるんだが、ちっとばかり遠いな。そっちに行くからよ」とコヨーテが声をかけましたが、そのためには、足元にぎっしり敷き詰められている首のどこかを踏みつけなければなりません。

コヨーテがキリンの首のふちに両前足をかけたとたん、

「来ないで下さいな」キリンがこわばった声を出しました。「触れられると痛むのです。あちこちが腐ったり、焼けただれていたりして」

「そうかい。じゃあ、ここで喋ろうぜ」

ちょっとした瘤の一つのようにしか見えないキリンの頭は、安堵したようにのろのろと地べたまで落ちました。

「どこまで進む、心づもりかしら」

「終点までだよ」とコヨーテは答えましたが、コヨーテの中では恐怖と欲望とが膨れ上がり、互いにせめぎ合っているようでした。あたりには、息が詰まるほど焦げくさい臭いが立ち込めています。アルマジロがもごもごと、これまでのいきさつを説明しました。

「わたしはたぶん、バリケードみたいなものなのでしょう」キリンは忠告するのでした。「ここから先は、行かないほうが身のためですよ。とんでもないものに、出会うことになるから」

「やっぱりかよ」

「もう引き返せないんだ」アルマジロが説明します。「行き着くところまで行かないことにはね」

「行き着いた先に、宝物が待っているとでも?」

「それだ」とコヨーテ。

「そうではなくて怖ろしい罰……劫罰が待ち受けていたら？」

「やれやれ。劫罰ときた。どだい、なんの咎だってんだ。そんなもの食らう前にずらかりゃいい」

「きっと誰も逃れられないのです。誰ひとり」

「はっきりしたな」コヨーテは目を眇めました。「あるのは劫罰とやらじゃねえぞ。だっておめえさん、何かの罰をたっぷり食らってる真っ最中じゃねえか。ここでおれたちを通したって、これ以上ひでえことにはならねえだろ」

「なるのです」キリンはきっぱりと告げました。

　コヨーテは口を閉じて頭を振りました。ぴくぴくと細かい引き攣れが口の周りに走ります。

「ますます気が滅入ってきやがる。どいつもこいつもいかれまくってよ。いい加減、厄介ごとの展覧会にゃうんざりだ」

「今まで待ちすぎたのです」キリンはコヨーテの呟きをかわすようにして、途切れとぎれに語るのでした。「待って待って、待ちわびたあまり、こんなことになってしまって」

「待つって、何を」

「以前は始まりを、今は終わりを。でも――」言い淀んだキリンは、かすれ声で繰り返しました。

「ああ、ああ、どうか、踏み越えて進むのはやめて下さいな」

「だって」とアルマジロ。

「重いのです。重みのせいで、あっちもこっちも、ひっきりなしに神経がひしゃげて」と半死半生のキリンは嘆くのでした。「これ以上、荷を加えないで下さいな。とにかく、どこも踏まないで」

キリンの首は、あっちにうっすらと血がにじみ、こっちには踏みつけられた跡があり、ところどころがよじれ、よじれた部分は濁った青みを含んで膨らんでいます。どうやら、褥瘡で壊死しかかっている様子なのです。けれども、踏み越えていかないことには、目的地までたどり着けそうにありません。

そのとき、絡まりあった首は痙攣でもするように動きました。

「そのうえ火が、炎が」

「どうしたい」

「下から噴き出しては、追いかけてくるようにして、首のあちこちを焼くようになったのです。待ち焦がれているうちに」

そういえば、焦げた臭いがいちばん猛烈に中空に漂っているのは、この界隈なのでした。

「だからそうやって、位置をずらそうとしてるわけかい」

「そのうちに」キリンは呻きました。「ずらすこともままならないくらいに、絡まりあってしまって」

「追い込まれちまったってわけだな。哀れなもんだ」

「そうは言っても、あなたがたは結局、わたしを踏み越えていくのでしょう」とキリンは深々と溜息をつくのでした。

「何か頼みたい？」とアルマジロが声をかけます。

「覚悟しています、自分の重みに押し潰されるのは。でもせめて、炎を止めてほしいのです。わたしを追いつめて、二度とほどけないような姿格好にしてしまった炎を。焼けただれる疼きは、首の中をぐるぐると走り続けるのです。閉じ込められた稲妻のように。……でも、無理を言ってもしょうがありませんね」

アルマジロが呟きました。

「もしかして、助けてあげられるかも」

するとキリンは、はっと思い直したように、手厳しく言い返すのでした。

「どうやって？　何ができるっていうのです？　そうでしょう。あなた方だって、ただただださまよっているだけのくせに」

「余計なお世話ってやつだな」とコヨーテ。

「悪いけどぼくたち、確かめにいかなきゃならないんだ」アルマジロが説明しました。「めちゃくちゃ大事なことをね。何なのかは思い出せないんだけど」

「まあどのみち、進んでいくっきゃねえだろ」コヨーテはアルマジロに、確かめるように声をかけます。

「そうなってる」アルマジロは確信に満ちてきっぱりと言うのでした。「そして、最後にはみんなちゃんと収まるとこに収まる」

「ほう」

「そんな気がしてきてるんだ」

「だといいがな」

「きっと何かが起こると思うから、待ってみて」と、アルマジロはキリンの頭のある方に向かって言いました。

「待て、と誰もが言うのです。気休めなんかよして下さいな。おためごかしはもうたくさん。でも、そんなに行きたければお行きなさい」キリンは諦めたように答えました。

「悪く思うなよ」とコヨーテ。

「ああ、ああ」キリンは錯乱したように金切り声を上げました。「やっぱりどうかやめて下さいな。このまま――」

「だけどよ、このままだとおんなじだぜ。永久にな」

「もっとひどくなるよりは、ましでしょう」

「もっとよくなるかも。きっと」とアルマジロ。

「そうは思えないのです」キリンは呻吟しました。「頭でちゃんと受け止めたことが、納得できないもの。どうしても」

「じゃ、早いとこ行こうぜ……と言いてえが、参ったな」

コヨーテなら、ぎっしりと絡まりあったキリンの首を何とか踏み越えていくことができるでしょう。けれども、球のままのアルマジロにとっては、ここで行き止まりということになるのでした。

「おれだけで先へ進むってのは、ちとまずいぜ」とコヨーテはアルマジロを見下ろしました。

「ああ。いったい何をそんなに待ち受けていたのか、そんなことも忘れてしまったくらい、長いあいだここに横たわって」ふと、キリンの目に希望の光が宿りました。「でもひょっとしたら、もしかしたら、待っていたのは、あなたがたの到来だったのかもしれない。始めや終わりではなくて。わたしを乗り越えてでも進んでいく、強い意志を備えた存在を」

「違いねえな」コヨーテはもっともらしく頷きます。「そんなら教えてやるが、おれたちゃいずれ、えらいお宝を手に入れることになってるんだぜ」

「お宝」とキリンは自分の言葉を忘れてしまったように、ぼんやりとオウム返しにしました。その折、ほんのいっときではあるものの、キリンの顔にはほとんど陶然の表情が掠めたように見えました。

「そうさ。帰りに拝ませてやってもいいぜ。そのお宝のおかげで、おめえさんの具合もましになるかもな。連れが言ってるみてえに。まあすっかりはほどけねえにしてもよ」

「どいてみましょう」くたびれ果てた様子に戻ったキリンが、呻きました。「あなた方に望みを託して。どうにかして道を作りましょう」

　鈍い引きずり音と呻き声とが入り混じり、絡み合った巨大な塊がじりじりと動き出しました。コヨーテはあたりの気配を窺いうかがい、そのさまに目をやっています。そうしてどれくらいたったか、首のところどころがアーチ状に持ち上がって、コヨーテたちが通れるほどの隙間が、細々と曲がりくねった道筋が、目の前に開けたのです。やがて数限りないささやかなアーチが立ち上がりました。その下にできた道筋のそこかしこに、小さな青白い炎が、ちらついては立ち消えるのが見えます。天然ガスが漏れてでもいるように。

「燃える小道ってやつだな」

「アトラス・メガアルマジロの出してるガスだよ。きっと下痢の後遺症。それに引火してるんだ」とはアルマジロの解釈です。

「とっととくたばりやがれっての」

「もう瀕死の容態かも」

「手間かけさせたな」コヨーテがキリンに向かって声をかけましたが、返事がありません。相手はもはや精根尽き果てて、硬直してしまったようでした。迷路めいた小道を通り抜けたか抜けないかで、キリンの首の塊はいたるところがぐずぐずと崩れ出す気配でした。こうしてわずかに開けたルートを、アルマジロは再びゆっくりと転がり始めました。

「おっとと。火傷はごめんだぜ」

コヨーテが足裏を気にしながら、その後をついていきます。

歩みを進めるにつれて、地べたの傾斜がきつくなってくるようです。実際、アルマジロの転がる速度がじわじわと上がってきているのでした。

「わかってきた」アルマジロが深刻な声を出しました。「極端に重たいやつのそばだと空間が歪むんだ。今、そこに引き寄せられてる」

底唸りはますます激しく、互いの声がだんだんと聞き取りづらくなってきていました。コヨーテが立ちすくみました。振り返れば、絡まり合いながら盛り上がって固まったキリンの首が、野ざらしで折り重なる無数の墓標めいて見えるのでした。

「なあ。やっぱり途方もねえことになる気がしてきた」

「どんなさ」

「おっそろしくひでえ目に遭いそうな予感だ。不死を手に入れようってのは、贅沢すぎる話かもな。キリンにゃせっかく道を作らせたけどよ、やっぱり、ここいらでおさらばすることにしたぜ。今こんなとこで命を落としたくはねえんだよ」

「じゃ、いつどこでならいいのさ」

コヨーテは答えずに、アルマジロに背を向けました。その背中が、嵐の直前の暗い野のようにざわざわと総毛立っています。

「もうあんまり時間も残ってねえようだ」

「ぼくを食べて、死ななくなる手筈じゃなかったの？　たぶんもうちょっとだのに」とアルマジロは引き止めます。

「おめえの巻きがほどける前にこっちがくたばっちまったら、元も子もねえだろうがよ。じゃあな」

　身を翻したコヨーテは、つむじ風のように走り出しました。どんな追っ手も撒（ま）けるよう、ジグザグの稲妻のように坂を駆け上がっていきます。

取り残されたアルマジロは丸まったまましばらく息を潜めていましたが、やがて深々と嘆息すると、眠りに落ちていきました。まるで、同伴者がいないと機能を停止してしまう機械さながらに。

旅再び

どれだけ時が経ったのか、しきりに喘（あえ）ぎながらアルマジロのそばに立った者がいます。埃まみれの灰色の毛が、全身にべったりと張りついています。

「おい。起きろよ、このクソ球」

アルマジロはもぞもぞと身じろぎしました。コヨーテが肩で息をしながら目の前に突っ立っている気配を感じたようです。

「どうしたっていうのさ。戻ってきちゃって」

「どうもこうもねえよ。駆けづめに駆けてやっとこさ穴の真下まで戻ったはいいけどよ、ぴくとも動かねえんだ、あの板切れが」

「ああ。そうか。思い出した」アルマジロは寝ぼけ声を出しました。「ぼくときみと、ぴったり二人の体重が乗っからないと、動かないようになってるんだった」

「あのなあ」コヨーテは声を荒げました。「ふざけんなよ。もっと早く思い出せって。やれやれ。おめえを蹴り上げ蹴り上げして坂を戻らなくちゃならねえのか」

ぶつぶつこぼしてから、コヨーテは黙り込みました。それをやり遂げるのにどれだけ度外れた時間と労力とがいるのか、気がついたようです。

「だから、最後まで行くことになるよって最初に言っといたのに」

「うるせえや」

「感じるんだけど」アルマジロが当てずっぽうふうに言います。「この底鳴り、アトラス・メガアルマジロの身震いかも」

「へっ。痙攣じゃねえのか。断末魔の」と吐き捨てるコヨーテ。

あたりには相変わらず、全身にまとわりつくような低い地響きが。ところがコヨーテは、アルマジロの佇（たたず）まいの変化に気づいたようなのです。

「そういえばおめえ、ここに来ていやにまったりムードになってるじゃねえか。どうしたんだよ」

「うんうん。何だか、懐かしい心持ちが強まってきてる」

「懐かしい、だ？」

「ここ、前にいたことのある場所だな、っていう感覚」

「そういえば旅を始める前によ、追放されたとか何とか言ってたな。何をやらかしたんだか知らねえが、こんなとこから別の場所に移れるんなら御の字じゃねえのか。逆によ」

アルマジロはおとなしく丸まっています。

「今考えたんだけどよ」コヨーテは乾いた声で話しかけました。「不死を手に入れても、ただうろつき回るだけって言ったろ。そうじゃなくてよ、厭ってほど生き続けて、何がどうなるのか見届けてやろうと思ってな。一切合切をよ」

「いつまでたっても見届けられないよ。不死って、果てしなく続くんだから。それにどんなにうんざりしても、不死はやめられない」

「死ぬまでな」

「だから、死なないんだってば。降りられないんだ」

「いいさ。何もかもずっと見ててやるぜ。この目でな」

アルマジロはなんだか饒舌になってきたようです。

「世界が滅茶滅茶ならきみも居づらいし。そしてそのうち世界が滅びちゃったら、きみ自身もなくなっちゃうのに」

「何でだよ。おれだけは生き残るんだろ」

「世界がなくなったら、きみの居場所だってなくなる。どこで生き続けるっていうのさ」

「どういうことだよ。不死ってのはでたらめだってか」

「そうじゃなくって、みんなセットで絡まり合ってるってこと」

「おい」とコヨーテは苛立った声を出しました。「話にならねえ。たわごとはたくさんだ」

アルマジロはぶつぶつひとりごちました。

「全方位展開のいろんなお試し。だけどときどき、うんとこさ混ぜないと。そうだ。どんどん思い出してきた。きみにほんとの秘密を教えるよ。聞きたい？」

「へっ。言ってみな」

「じつは、ぼくもきみも死んだりしないんだ」アルマジロは夢見るような調子で続けました。

「びっくりした？　だって、ぼくたちは〈仕組〉なんだから」

「おめえもかよ。しょうもねえ妄想に取っつかれやがって」

呆れ顔のコヨーテに、アルマジロは我に返ったように告げました。

「とにかく、進んでく。今はそれに集中」

「参ったな。今度こそ腹を括れってか」コヨーテは自分を言いくるめるように呟きました。「どうしてもこの野郎の巻きをほどいて、残らず平らげる。必ずだぞ。それから電光石火、とんずらすりゃいい話だ。いや、そうなったら急ぐこともねえ。その時にゃもう、くたばる心配はなくなってるわけだしな」

「決心がついたみたいだね」見透かしたようにアルマジロは言いました。「さあ、旅を続けないと」

そして壁が

底唸りの正体が、それでした。

あたりには相変わらず、蛇が舌なめずりするようにコバルトブルーの火が燃え立っています。

そして目の前には、ゆらゆら揺れる壁が立ち塞がっていました。無数の狼の頭が鈴なりになった、壁でした。高さはどれくらいあるのか、天井に着かんばかりで、たとえ首が捩れるほど見上げても上方がどうなっているのか、霞んでわからないほどです。そしてその壁は、二本の瘤だらけの円柱――つまり脚――でどうにか支えられているのでした。テニスコート大のマットレスに見えるものは、足の甲なのでしょう。壁状の図体一面に塗り込められたような頭が、めいめいがいがみ合ったり、そこから抜け出そうと気が狂ったように顎をかちかちいわせたりしています。壁一面は濃い黄土色の涎の跡でただれ、幾重もの縦縞模様になっています。その涎が飛沫になって飛び散り、上空から降り注いできます。まるで壊れたスプリンクラーの下にでもいるように。どうやら、この世界の饐えたような湿気や瘴気も、狼頭たちが四六時中吐き出しているようなのです。ぐらぐらとオーバーハングする目の眩むような壁のふもとで、ココーテの心臓は思いきり縮み上がったようでした。

「あちっ。何だこりゃ」

降りかかる涎はまるで、硫酸のようでした。体の毛のあちこちから薄煙が立ち昇り、ココーテは瞬きしました。

「酸か。ひでえもんだ。おめえは平気のようだがな」とアルマジロ球の方を見やるココーテ。

壁の下方、一〇〇個ばかりの頭がココーテたちに気がついたようです。唸りの一部が吠え声に換わったかと思うと、奉納注連縄並みの太さの鉄鎖が軋んで、派手に火花が散りました。鎖の先は、壁を支える右脚部のくるぶしに巻きつけられています。

「あちちち。刺激すんなってか」

コヨーテはほとばしる涎を避けてぴょんぴょん踊りながら、文句を言いました。

「旅がおしまいに近づいてる気がする」アルマジロが囁きました。

コヨーテは、ばかでかい胴体から首を突き出していがみあっている狼どものほうに、目を向けないようにしています。見つめただけで、何匹もが首の根っこのところまで黄ばんだ牙を剝き出し、顔を斜めに引き攣らせながら襲いかかろうとするのです。壁はゆっくりと膨らんだり縮んだりを繰り返し、それに合せて壁狼の頭もせり出したり引っ込んだりしています。

「なんでまたこんなざまに……こいつも何かの罰かよ」とコヨーテは呟きました。

「罰？」アルマジロがはっきりと答えました。「罰なんかじゃないよ。誰もかれも眠りこけてるからさ。それでこんなありさまになっちゃうんだ」

「こいつら寝てるどころじゃねえ。気違い騒ぎじゃねえか」

「それが眠りこけてるってこと」

そのとき、甲高い声がやにわにあたりを切り裂きました。

「きさまら、おれの、領域で、何してる」

壁の脚の陰から鎖を引きずりながら現れたのは、巨大なハイイログマでした。コヨーテのゆうに数十倍の背丈はあるのですが、壁の前ではキーホルダーのフィギュアなみの大きさです。両目からはカスタードクリーム状の膿を滴らせ、骨と毛皮だけの体は、今にも崩折れそうに不安定にしなっています。そしてその灰色だったはずの毛皮は、首から下全体が燕脂色の汚れに染まっているのでした。胴には壁の脚とつながる鎖を巻きつけ、右手には錆の浮いた大鉈(おおなた)を握っています。

「べ、別に何もしてねえよ」ココーテは鉈から目を離さずに口ごもります。

「とっとと、失せるがいい。番狼どもが、目に、入らんのか」

ハイイログマは染みで汚れた鉤爪が握る鉈でもって、ココーテたちのはるばる下ってきた高みを指しました。そう、ここはもう擂(す)り鉢状の世界のどん底なのでした。

「ちっと聞きてえことがあるんだ」と、尻尾を後足の間にはさみ込みながらココーテが大声を上げます。

「だめだ」ハイイログマは鉤爪を振って叫び返します。「きさまたち、番人のおれの、言うことを、黙って聞く、だけだ」

「一つだけなんだけどよ」とココーテは粘ります。

「一つだけ、教えてやろう。ここが、万古不易、世界の、源だ」

「バンコ何だって?」と叫ぶココーテ。

「みなもと……」とアルマジロ。

「果ての間違いだろ」とココーテ。

ハイイログマはココーテたちを睨み下ろしながら、宣告しました。

「話は、終わりだ。立ち去れ」

「けどよ……」

「つべこべ言うと、この、四七七一匹の狼どもが、ぼろ布状に、きさまらを、咬み裂く」

ほとんど悲鳴に近い声で喚きながら、ハイイログマはゆらゆらと、多頭狼をつなぎ留めている鉄鎖の端をまさぐりました。今にも鎖を外してしまいそうな雲行きです。ココーテたちの存在に気づいた残りの狼たちが一斉に吠え始め、吠え声が雪崩を打って落ちかかってきました。ココーテは両耳をぴたりと倒して、鼓膜を破るような轟音を防ごうとします。

と、ハイイログマは自分の左肩に鉈を当てたかと思うと、筋肉の一部を毛皮ごとぎしぎしと削ぎ落としました。そして血まみれの肉片を、腕の届くところでいちばん長々と首を突き出している壁狼に与えたのです。狼はひと噛み、ふた噛みで呑み込んでしまったかと思うと、またぞろ周りの首たちといがみ合いを再開するのでした。

「ここしばらく、みな、殺気立っていた」ハイイログマは、肩から溢れ落ちる血に目もくれず言いました。「きさまらの、到来を、嗅ぎつけて、いたのだったか。招かれざる、者どもめが」

ひりつく火傷だらけになりながら、ココーテたちは狼壁とハイイログマに別れを告げました。

「わかったって。退散するっての」

この騒ぎで、地べたはもう、使い古したトランポリン台のようにたわんでいます。今にも大底が抜けてしまいそうな気配です。ココーテは爪先でもってアルマジロ球を押し上げ押し上げ、はるばるやってきた方へと登り始めます。

「ったく、ひでえ景色だ。てめえの肉を削いで手なずけてやがる」

「何を聞こうとしてたのさ」

「番人て言ってただろ。いったい何の番をしてやがるか、ってさ。どんづまりで、狼どもの壁以外に何もありゃしねえのによ」

　コヨーテはふと頭をめぐらし、呟きました。

「待てよ。あのバケモノ壁の後ろにゃ何があるんだ？　何か隠してやがるのか？……そうだ、それこそよ、不死のお宝じゃねえのか」

と、狼壁が威嚇するように、鎖のついていない左脚をかすかにずらしたので、あたり一帯が津波のように波打ちました。アルマジロの転がっていくのを食い止めていたコヨーテの前足が滑って外れ、アルマジロ球は瞬時に猛烈な加速がついて、傾斜を転げ落ちていきました。コヨーテは口を開けたままそれを見送っています。アルマジロ・ボールは狼壁のふもと——本当にふもとという感じです——まで転がっていって、弾みをつけて壁脚の下側にぶつかりました。狼壁がほんのわずかにぐらついたとたん、狼どもは一斉に喚き出しました。怒り狂った番人は鉈でもって鉄鎖を力任せに叩き切ると、それを呪いの——祝福めいて聞こえもするのですが——罵詈雑言(ばりぞうごん)とともに振り回し始めました。興奮した狼どもは口から泡を吹き、唾を吐き散らし、それが壁のふもとに停まったアルマジロの背中にかかって、しゅうしゅう白煙が立ち昇ります。アルマジロの丸い背中はみるみるまだらになっていきます。片方の壁脚の爪先だけがのろのろと持ち上がり、アルマジロの背中にのしかかりました。

「やべえ。アルマジロのやつが踏みつぶされる」

　そのとたん、アルマジロの甲羅で狼壁の爪先は滑り、アルマジロ球は足の下をすっぽ抜けました。そしてバランスを崩した壁は、巨大な図体の難破船のようにぐらりとかしいだのです。

「ず、ずらからねえとえらいことに」とコヨーテは息を呑みました。

ハイイログマの宙を這いずるような咆哮が、背中をわしづかみにします。このどん底の番人は、お触れでも出すように叫んでいます。

「すべてが、再び始まった。ここに、何もかもが、復活する」

狼壁が本格的に崩れ出しました。ぼろぼろと狼頭が落ち始めたのです。解き放たれた壁狼頭たちはばらばらになって、卵から孵ったカマキリの子のように、ありとあらゆるでたらめな方角へと散っていきます。

ほどなく、母胎の壁全体がゆっくりと崩折れていきます。鼠色の埃の渦がいくつも、竜巻状に吹き上がります。莫大な体積と重みが地べたを打つその衝撃波で、一〇〇一〇〇個ばかりの狼頭とともにアルマジロは吹き飛ばされました。そしてコヨーテの頭上をいったんはるかに超えて行ってから再び坂に叩きつけられると、バウンドして弧を描き、コヨーテめがけて猛烈な勢いで戻ってきました。コヨーテは泡を食いながら、全身でアルマジロ球を受け止めました。

「げほっ」

「記憶がほぼ戻った」とアルマジロは早口で宣言しました。衝撃で完全に巻きが戻ったのと同時でした。壁狼がアルマジロの巻きの解除装置だったのでした。

「すっかり思い出したのか」とコヨーテは、口をあんぐり開いて、まっすぐになったアルマジロの姿を眺めました。

「だいたいね」

「で、な、何を思い出したんだ」

「ぼくが追放されてたのは、壁狼の天敵だったから、ってこと」

「天敵だって？　おめえが、あのバケモノのか」

「そう」

コヨーテは目を白黒させて、

「さっぱりわけわかんねえが、そろそろおしまいになりそうだな。いろんなものが」

「うん。いったんはね」アルマジロが深々と頷きます。

コヨーテの中で相争う恐怖と欲望のうち、ここでは欲望がわずかに勝ったようです。

「そ、それでよ、お宝はどうだったい。眺めてたらよ、壁が崩れたその下は空っぽだったよな。夜中みてえに真っ黒だったぜ」

アルマジロは早口で答えました。

「お宝なら、あったよ。間違いなく」

「ど、どこにだよ」と勢い込むコヨーテ。

「狼さ。狼たちがお宝なんだ。おっそろしいお宝さ。これ以上おっそろしいものはないくらい」

「あの連中がだ？　気でも触れたんじゃねえのか」

アルマジロは首を振りました。

「でも壁から解放された狼どもは、手当たり次第に咬みまくることになってる。とにかく逃げないと」

「狼ったって、頭だけだろうが。どうやって動くよ」

「見なよ」

まだ埃の煙幕がうっすらと張られている下方に目を凝らすと、まがまがしいくだんの狼――の頭――たちが、激しく跳び上がっていました。ただひたすら顎の力だけで。

「堪んねえな。咬まれたら即狂犬病かよ」とコヨーテがかすれた声を出しました。

「それどころじゃなくて」アルマジロが答えます。「はるかにおっそろしいやつにかかるんだ」

「あっという間に死んじまうんだろ」

「逆だよ」

「逆？」

アルマジロは、きっぱりと伝えました。

「そう、誰も死ななくなるんだ」

「ああ？」

「不死病。あんなに不死を欲しがってたよね。ならいっぺん咬まれるといいよ。狼って、きみの親戚みたいなもんじゃないのさ」

コヨーテは、にわかには事情が呑み込めないようです。しばらく沈黙の中に落ち込んだのち、

「あいつらに、不死とやらが埋め込まれてたってわけかよ。冗談じゃねえや」

「その不死を探しにきたんじゃなかったわけ？」

「今回はやめとく」とコヨーテは尻込みします。「おれの思ってた筋書きとはずいぶん違うから

な」

「結果はおんなじじゃないのさ」

「いいや。何かがやめとけって突っぱらかってやがる。体の奥底でな」

「ところでさ、ぼくを食べて不死になれると思う？」アルマジロは思わせぶりに問いかけます。

「約束だから、もちろん食べたっていいけどね。文句は言わない」

見透かされたコヨーテは、巻きの戻った連れにまじまじと目をやりました。それから、いかにも柔らかそうな、けれどすっかり汚れの染みだらけになった、その下腹にちらりと目をくれました。

「約束なんぞ糞食らえだ。食いたくなったら食うだけよ。だけど正直、おめえからそんな大層なもんがいただけるとは思えなくなってきた」

「当たり」とアルマジロ。「凄いものは、究極にきついとこでないと手に入らないんだから」

「つまり、あのバケモノどものとこでか」

「そう」

「おい。具合が悪くなってきたぜ。いったい何がどうなってやがんだよ。今度って今度はマジにずらからねえと」

すっかり腰を浮かせたコヨーテに、アルマジロは言いました。

「待ちなよ。リフトは二人が乗らないと動かないんだってば」

コヨーテはアルマジロの背中を蹴りつけました。

「こんな修羅場からどうやっておめえを連れ出すってんだ。このとろすけ」

アルマジロは両手を差し上げました。ハイイログマのを小ぶりにしたような鉤爪がついています。

「きみの背中にしがみつかせてもらうから。さ、腰を低くして」

身上の身軽さが損なわれるので、何かを担うのは御免蒙りたいところでしょう。けれど怒りと恐怖で目を血走らせたコヨーテは、しぶしぶ同行者を背中に乗せました。そしてアルマジロがしがみつくと同時に、渾身の力で坂を駆け上りだしました。とはいえ、荷を背負ったことで速さは格段に落ちています。

狼――の頭――たちは、恐ろしい下顎の力だけでもって飛び跳ね飛び跳ね、行く手のありとあらゆるものに咬みつき始めています。

真っ先に咬み散らされてぼろ雑巾同然にされたのは、番人ハイイログマでした。息のある者も、息絶えた者も、みんな咬まれます。キリンも、絡まった首のとぐろのあらゆる部位を咬まれました。身を隠せないので散らばって死んだふりをしていたモグラたちも、一匹一匹咬まれました。凍りついたチーターも、チーターの水溜りさえも、咬み散らされました。横倒しのゾウも咬まれました。サイたちも、中空から降りてきたところを咬まれます。猛り狂う狼たちは世界全体をパニックに陥れて、解き放たれた不死ウイルスが次から次へと感染し蔓延していくことでしょう。死んだ者たちはそのままの姿で――ぼろぼろのハイイログマはぼろぼろのままに――さかんに甦り続けることでしょう。

手当たり次第に襲いかかる狼ども。逃げる速度が鈍るやいなや、がちがち鳴る無数の牙がコヨーテの踵に迫っては、黄色い火花を散らします。牙のぶつかり合う音や間断ない唸り声、布切れを裂くような悲鳴に喚き声が、あたりに満ちわたっています。

アルマジロを背に乗せて死に物狂いで駆け続けたコヨーテは、どうにか追っ手の群れを振り切り、リフトの場所までたどり着きました。息もつけないありさま、口からはみ出た舌からは激しく涎が滴り、全身はもうもうと湯気に包まれています。

振り仰ぐと、頭上から一本の糸のような光の筋が降りてきていました。天窓のような穴、二人の旅の出発点のあの穴からの光でした。それが今、スポットライトのようにリフトの台座板を照らしているのでした。コヨーテは、荒い息遣いのまま、目を細めてそれを眺めます。

「今度こそこの地獄とおさらばだ。……おい、いつまでしがみついてんだよ」

コヨーテは身震いすると、アルマジロを背中から振り落としました。地べたに転がり落ちたアルマジロは、思いつめたふうに古びたリフトを見つめます。

「どうしたんだよ」コヨーテは苛立って促します。「早いとこ乗んな。あいつらがじきうようよ押しかけてくるんだぜ」

「ごめんよ。一つだけ嘘ついてた」とアルマジロは切り出しました。

「何だよ」

「このリフト、一方通行なんだ。つまり、降りるの専用ってこと」

「何だって」コヨーテは目を剝きました。「じゃあ上にはどうやって戻る気だよ」

アルマジロはのろのろと首を振ります。

「無理」

「ふざけたこと抜かすな」コヨーテは声を嗄らしてがなり立てます。「やっとこさここまで戻ってきたのによ。何かやり方があるはずだろうが。吐けよ。吐けって」

「それはないんだってば。あったとしても、完全に忘れちゃってる」

「三つ数えるうちに思い出せ」コヨーテは前足で、アルマジロの首根っこを地にめりこむかというくらいに押さえつけました。

「ちょっと待って」

「待てねえな」コヨーテは滅多に見せない牙を剝き出しました。「そのどてっ腹をまっ二つに裂いちまうぞ。たった今、ここでだ」

アルマジロの突っ立った耳の下に、漆黒のビーズのような目玉が煌きました。

「ああ。ああ。思い出した、ぼくの役目。ぼくは……」

アルマジロはどうやら今、完全に記憶を回復したようでした。

「ぼくは不死狼の、捕獲処分係だったんだ」

「はあ？　おめえが、狼どもをだ？」

「そう」

「あの四七七一匹をかよ。むちゃ言うのもいい加減にしな。飛び道具の一つもねえくせによ」

「道具は持ってきてる」アルマジロは淡々と告げました。

「どこにだよ」とコヨーテはアルマジロを押さえつけたまま、用心しいしいあたりを見回しました。

「ここに」

上昇

コヨーテは後退りました。底知れない怖れが体中を満たしたのか、全身の毛という毛が、狂ったように逆巻いています。尻尾はきつく下腹に貼りついています。口は血のにじむほど食い縛られています。まるで何一つ外にこぼすまいとでもいうように。喧騒と叫喚の世界が、瞬息を止め、水を打ったように静まり返ったようでした。

「おめえはいったい、何者だ」

「ぼくはきみを起動させるスイッチ」

コヨーテの体は熱に浮かされたように震え出しました。

「なら、おれは」

「きみは、不死をリセットする装置。ぼくが敵を刺激してきみを目覚めさせる。きみはその敵をまとめて片づける。……二人そろって働く仕組になってたんだよ」

小刻みに震えたまま、コヨーテは尋ねました。

「仕組まれてた、っていうのか」

「ちょっと違うけど」

「……なあ、おめえは死なねえのか」

「死なないよ。わざわざ狼に咬まれなくっても。ぼくだけじゃなしに、きみだって死なないし。形は変わっても」

「おれも死なねえって……」

「だって、〈仕組〉なんだから。〈絶対ルール〉がきみをここに送り込んだ。ピューマにも手伝わせて」

「何だって。あいつらもつるんでたのか」

「知らず知らずにね」

気がつくと、地べたを揺らしていた脈動がいっそう盛んになって、コヨーテもアルマジロも、間断なく巨人にトスされでもするように突き上げられているのでした。

コヨーテは熱に浮かされたように抑揚のない、虚ろな声を出しました。

「もういっぺん丸まってみな」

「どうして」

「いいこと思いついた」

「何さ」

「最後の願いだ。あと一回だけ丸くなってみろよ。頼むからよ」

「それで気が済むならいいけど」

アルマジロはきょとんとした顔で、のろのろと体を丸めました。

「とんだ疫病神野郎が」朦朧とした顔のコヨーテは、揺れの中でよろめきながら身構えると、気力を振り絞るようにして、アルマジロ・ボールを思いきり蹴り飛ばしました。「もうこんりんざい、おめえにつきあわされるのはごめんだ。とっととくたばんな」

アルマジロ球はなすすべもなく、再び底の方へと転がっていきます。

「げっ」

体を上下に揺すぶられながらいまいましげに見送っていたコヨーテが、不意に背中をくの字に折り曲げました。口が開き、牙の間から、硬直した舌が人参のようにまっすぐ突き出されました。次いでひとしきり全身をうねらせたかと思うと、翡翠色をした反吐の塊を一つ、吐き出しました。コヨーテは動転したように足元の塊を見つめ、息を呑み、中空にぼんやりと目を向けました。それから、体を直角になるくらいに折り曲げて、瀑布のように激しく吐き始めたのです。その勢いは体全体を反吐の滝が覆い隠してしまうほどで、胃袋も内臓もまるごと体の外に吐き出されそうです。

やがて翡翠色の反吐が世界を浸し、何もかもが浮上し始めました。コヨーテは決壊したダムさながら、この世界のいちばん高い場所で反吐を吐きまくります。

鈍く光る反吐の波はやがて、ゆるゆると坂を転がり落ちていくアルマジロ球をも呑み込んでしまいました。誰も寄せつけない勢いで吐き続けるコヨーテは、まるで夢の中でのようにスローモーションで弧を描きながら、この世界を浸す自分の反吐の波に揉まれながら沈んでいき、ひくついていた細長い鼻先も見えなくなってしまいました。

今やあたりには、膿のような沼がふつふつとたぎっていました。何もかもが混じり合いごった煮となって泡立ちながら、反吐の海はいよいよかさを増していきます。水面はやがて、天の穴近くまでせり上がっていきました。その上にやがて、丸っこいものが浮かび上がりました。

「ぷふぅ。苦いよ。たっぷりすぎるワクチン」

穴の縁から地上に這い出たアルマジロは、空を見上げました。ちぎれたはらわたみたいに頭上を吹っ飛んでいく雲の塊。空は一面、黒ずんだ暗褐色に染まっています。アルマジロの両耳は、興奮のあまりぎゅうぎゅう絞り上げられていて、アロエみたいにとんがっています。アルマジロは、蔓延しようとする不死を塞き止める装置の一部でした。一切合切が不死病ワクチンの海に呑み込まれて、不死は解除されました。一大リセットが無効になって、これで不死のない世界が保たれたわけでした。

アルマジロはここで、長い夢から目覚めたりしないものか待っているふうでしたが、そんな気色はありません。体中からぼたぼた反吐の滴が滴り、きらめいています。

「どうやらシャッフル完了」アルマジロは手足を伸ばしました。「背中がぎしぎし言ってるけど」

じきに、アルマジロの体には丸くなる気配が忍び寄ってきました。

「さてと。ずいぶん痩せちゃったよね。うんとこさ栄養補給しとかないと。またコヨーテ一族の誰かと働くことになる前に」

アルマジロのぐるりを、蜜に惹きつけられたように湧き出したクロアリが取り巻き始めていました。夥しい数のアリはみるみるうちに辺り一面を、黒い絨毯のように覆ってしまいました。

「そりゃそうだよね。体に死臭がたっぷりしみこんでるはず。アリ好みの」

アルマジロはそっと舌を差し出しました。かと思うと、その舌が見る間にべらぼうな超高速回転を始め、アリを片っ端から舐め取り出します。食べに食べ続けてアルマジロはじわじわと膨らんでいき、あたりを埋め尽くしていたアリが一匹もいなくなったときには、ずっしりした完全な球体が復元されていました。

アルマジロは眠たげに穴にはまり込みました。すべてを地下に封じ込める栓として、穴を塞いだのでした。やがて両目がとろとろと閉じてきます。

「そうか。最後の最後に、思い出した」アルマジロは呟きました。「ぼくは、アトラス・メガアルマジロのひとり子。……あのひとは何もかもわかってた。はなからわかってたんだ」

アルマジロにいま、簡単には覚めそうにない眠りが訪れたようでした。

と、彼方に土煙が上がったかと思うと、何者かの一団がじゃれ合いながら猛スピードで駆けてきます。ピューマでした。この大柄でしなやかなけものたちは、息も切らさずにアルマジロのそばまでやって来ると、急ブレーキで立ち止まりました。そしてしげしげと、艶光りしている球体を眺めました。脂っこいアリをたらふく詰め込んだ相手は、きめの細かい紙やすりで念入りに磨かれでもしたように光っています。ピューマたちは押したり蹴ったり、爪を立ててみたり牙を突き立てようとしたり、ひとしきりやっていましたが、はちきれそうに鎮座するアルマジロ球はびくともせず、ひっかき傷さえつきません。弄べそうにないとわかったらしく、獣たちは再び、疾風のように駆け去っていき、やがてこの世界の端に走り着くと、今度は我先にと空の縁にじゃれかかったのです。サバイバルナイフのような爪で引き裂かれた水平線上の空の下端が、わらわらと古い緞帳のように垂れ下がりましたが、ピューマたちはすぐにそれにも飽きたらしく、どこかへ消えていきました。

と、それを待ち構えていたかのように底揺れが揺すり上がってきたかと思うと、爆音めいた音が轟き始めました。アルマジロには知る由もなかったものの、ワクチンの大洋の重量に耐えかね、とうとう下の世界の大底が抜けたのです。号泣のような響きを轟かせながら、水は滔々と流れ出し、地の裂け目から、目を凝らしても何一つ見えない暗黒の彼方へと吸い込まれていくのでした。

それからほどなくして、アルマジロ球の背中に大粒の水滴が落ちてきました。そして、黄土色にひび割れた大地を隅から隅まで塵一つ残さず洗い流すのに、三日三晩降り続きました。うっすらと翡翠色をした、かすかに苦い雨が。

（終）

〈著者紹介〉

渦汰表（カタリスト）

青森市出身。辺境を中心に、長く海外放浪の日々を送る。
合間に様々な職種を経験しながら創作活動を開始し、雑誌・地元紙などに発表。
2019年末まで予備校講師として、現代文・英文・小論文などを担当し、県内各大学などでも講義を展開してきたが、ガン治療専念のため打ち切るに至る。
著書に『マチャプチャレへ』（ヴィジュアルアート刊）
「ぞうのかんづめ」で第5回 日産 童話と絵本のグランプリ大賞受賞
「アルマジロ手帳」で第7回 アンデルセンのメルヘン大賞優秀賞受賞
「チベッタン・ジグ」で第4回ノンフィクション朝日ジャーナル大賞入選
「マチャプチャレへ」で第17回日本旅行記賞受賞
青森県芸術文化奨励賞受賞

アニマル・ワークス

定価（本体1400円+税）

乱丁・落丁はお取り替えします。

2020年 4月24日 初版第1刷印刷
2020年 4月30日 初版第1刷発行
著　者　渦汰表
発行者　百瀬精一
発行所　鳥影社 (www.choeisha.com)
〒160-0023 東京都新宿区西新宿3-5-12トーカン新宿7F
電話 03-5948-6470, FAX 03-5948-6471
〒392-0012 長野県諏訪市四賀229-1(本社・編集室)
電話 0266-53-2903, FAX 0266-58-6771
印刷・製本　モリモト印刷

ISBN978-4-86265-812-8 C0093